YUANQU DE YUNFAN

远去的云帆

远 征◎著

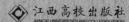

江西高校出版社
JIANGXI UNIVERSITIES AND COLLEGES PRESS

图书在版编目（ＣＩＰ）数据

远去的云帆/远征著. ---南昌:江西高校出版社,
2023.12（2025.1重印）

ISBN 978 - 7 - 5762 - 4332 - 1

Ⅰ. ①远… Ⅱ. ①远… Ⅲ. ①中国文学—当代
文学—作品综合集 Ⅳ. ①I217.2

中国国家版本馆 CIP 数据核字（2023）第 229930 号

出 版 发 行	江西高校出版社
社 址	江西省南昌市洪都北大道 96 号
总编室电话	（0791）88504319
销 售 电 话	（0791）88522516
网 址	www. juacp. com
印 刷	固安兰星球彩色印刷有限公司
经 销	全国新华书店
开 本	890mm×1240mm 1/32
印 张	3.75
字 数	90 千字
版 次	2023 年 12 月第 1 版
	2025 年 1 月第 2 次印刷
书 号	ISBN 978 - 7 - 5762 - 4332 - 1
定 价	58.00 元

赣版权登字 -07 -2023 -865

风雨编辑窗——在景德镇广播电视报社工作时期的留影

1992 年,采访著名陶瓷艺术家王锡良(中)

1997 年 5 月，在北京广播学院（今中国传媒大学）学习

2000 年初，带着儿子在存续了已经被拆除的东风瓷厂遗址上寻寻觅觅，
在岁月的废墟上缅怀曾经歌于斯哭于斯的青春

文以载道（序）

1988 年 12 月，经时任景德镇人民广播电台新闻部负责人魏望来兄的引荐，我从东风瓷厂借调到景德镇广播电视报社。从此，我从一个尘土满面的"坯房佬"变成了一个以文为生的职业记者，在新闻单位工作，一干就是 22 年。一直到 2010 年 6 月被景德镇高专（今景德镇学院）作为专业技术人才引进。这 22 年记者生涯中，我体验过"无冕之王"的荣光，但更多的是呕心沥血、烹文煮字的艰辛。

现将从事新闻工作的一些采访、通讯以及个人文艺随笔等结集成册，也算是对自己多年来笔耕不辍、且行且思的回望和总结。

为了便于阅读，我将这些文章大致划分为人物采访、风貌通讯、文艺随笔、瓷都走笔和专题片解说词五大板块。这些板块中的文章，有不少获得过江西广播电视奖。因为写作于不同年代，所以表达的语境也不尽相同。虽然文无定法,但我还是希望读者能够通过阅读这些文本,在各类文体写作中得到一点有益的启迪。

"文以载道"是中国士人的学术理想,也是一种赓续千年的优良传统和可贵的人生情怀。因此,我希望读者朋友除了领悟文章的写作思路和语言特色,还能从中悟得一点"道"的真谛。"道",才是一篇文章的灵魂。纸上得来终觉浅,绝知此事要躬行。提高写作技能,除了要对生活怀有一颗火热之心,还要有一双火眼金睛,所谓"读万卷书,行万里路"是也。这也是我在课堂上对学生们说得最多的一句话。

妙笔生花,是每一个文人的理想追求。我才疏学浅,做不到妙笔生花,仅希望自己躬耕大半生的心得能给青年朋友一点启示。"文章千古事,得失寸心知",我愿以此与青年朋友,尤其是我的学生们共勉。

2021 年 5 月 19 日

匆笔于归读堂北窗

目 录 CONTENTS

艺苑风景

梦 回 南 疆

——天府之国访艾芜

20 世纪 20 年代中期,一位弱冠少年为了寻求自我生存的道路,挂着一个墨水瓶漂泊于中国西南边境。在那里,他认识了勤劳善良的钟大伯一家。钟家大女儿阿月爱上了这位翩翩少年,妹妹阿星则爱上了方圆几百里有名的盗马贼。

恶霸侯德武为了霸占阿月,派人绑架了她,并且杀害了她的父亲和兄弟。为了活命,阿星跟随盗马贼远走他乡。钟大妈活活气疯了,一把火烧毁了昔日充满温馨的小院。受尽酷刑的阿月誓死不从侯德武,因而感动了侯的打手廖海娃,于是被廖救出。为了报仇雪恨,阿月与海娃在深山老林中生活,苦练枪法。然而不幸的事又发生了:在一次伏击中,阿星和阿月竟误杀了彼此的男人。在撕肝裂胆的悲恸中,姐妹俩终于携手杀死了恶贯满盈的侯德武……

这是一个真实的故事,虽然它是那样缠绵悱恻、哀感顽艳。那位少年漂泊者不是别人,正是我国现代文学史上的一代文豪艾芜先生。这个故事(《边寨人家的历史》)发表于 1963 年 9 月 12 日的《人民文学》第 9 期,后收入《南行记续篇》。1991 年秋,首届中国四川国际电视节在成都隆重举行,以艾芜先生的代表作《南行记》命名的系列电视剧第一部《边寨人家的历史》作为单本剧参加,并获得最高荣誉“金熊猫奖”,人们无不为之欢欣鼓舞。这天上午 10 时许，经《南行记》的执行导演潘小扬先生介绍，我们怀着景仰的心情来到四川省人民医院拜访了文学大师艾芜先生。

艾芜先生看上去面容清瘦，但仍不失神采。望着这位饮誉世界文坛的老人，一股崇敬之情在我们心中油然而生。艾老热情地招呼我们坐下，和蔼地微笑着，操着浓重的四川口音在随和温馨的气氛中和我们谈开了……

艾芜先生原名汤道耕，1904 年出生在四川省新繁县（今成都市新都区）一个乡村小学教师家庭。1925 年，他在四川省立第一师范学校求学期间，由于不满学校旧教育和反抗封建包办婚姻而毅然离家出走，漂泊于中国西南边陲和缅甸、马来西亚、新加坡等地，在社会底层过着自食其力的贫困生活。他在昆明做过杂役，在滇缅边境扫过马粪，在仰光给僧侣烧过饭。1931 年，因为参加缅甸的反帝运动，艾芜被当局驱逐出境，从此结束了长达 6 年的颠沛流离。到上海后，他和沙汀联名给鲁迅先生写了一封信，请教有关小说创作的问题。鲁迅那封著名的《关于小说题材的通信》，就是对他们的答复。

为了把自己漂泊生涯中"身经的，看见的，听过的——一切弱小者被压迫而挣扎起来的悲剧"切切实实地描绘出来，艾芜开始了《南行记》的创作。1932 年，他加入了"左联"，翌年被国民党政府逮捕。当时的名律师史良女士亲自出庭为他辩护（经费由鲁迅提供），通过一番斗争，终于使他获得自由。出狱后，艾芜以更加饱满的热情继续从事写作，成为中国现代文学史上作品数量颇多且很有特色的一代文豪。除《南行记》外，他的中短篇小说集《芭蕉谷》《荒地》《南国之夜》《乡愁》，还有 20 世纪 40 年代完成的三部长篇小说《丰饶的原野》《故乡》《山野》，以及中华人民共和国成立后深入工厂火热生活创作的《百炼成钢》等,都成为深受广大读者喜爱的作品。然而,最著名的还是那部不朽的杰作——《南行记》。无论从作品的取材还是从格调品位上说,《南行记》在我国现代文学史上都具有划时代的意义。作品中有美丽善良的傣族少女,有云游四方的僧人,有老实巴交的山民,也有因生活所迫铤而走险的匪盗。这部作品真实感人,充满浪漫主义色彩,多次被搬上银幕,这次被改编成电视剧并获奖也绝非偶然。国际评委们看了《南行记》后,给这部电视剧以极高的评价,一致认为它出色地反映了中国西部浓郁的边地文化,表现了人在大自然中顽强生存的进取精神,具有全人类的意义。

"艾老,生活是创作的源泉,而现在某些青年自怨自艾,希望您能就此说几句话!"谈到创作与生活的关系时,我们说。

"做一个作家,首先要做一个生活的强者。一个人只有在挫折中不断地调整自己、化痛苦为财富,才能真正理解人生的内涵。"艾芜意味深长地说。他希望当代青年人多点勤奋、少点烦恼,不要荒芜了岁月,要经得起生活的磨砺! 生活造就艺术,作家不能拒绝生活!

艾芜谈起他一生中的三次南行,第一次便是那如履薄冰的漂泊生活。第二次是1961年,历史又让他在那片神奇的土地上与阿月戏剧般地重逢了。然而世事沧桑,人生无奈,阿月始终未承认自己的身份,那份荡气回肠的情怀永远埋藏在她的心底。第三次是1981年,当时他已是77岁高龄的老人了。

艾老现在年事已高,这几年住院更使他摆脱了那些无谓的应酬,除了看看书,就是写写回忆录。

"您还想念南疆吗? 还想南行吗?"临别时,我们饶有兴趣地问。

　　艾芜凝思片刻,目光很快湿润了。他望着窗外说:"我已是87岁的人了,如果生命允许我再做一次选择,我依然会选择南疆,选择远方,选择那条弯弯的山路,只要身边仍有阿月……"

　　告别艾老,我们忽然想起了他在《南行记》重印时写下的那行闪烁着思想光芒的文字:人应该像条河一样,流着,流着,不住地向前流着。

　　是的,人应该像一条河,一旦选择了远方,就再也没有回头的理由。

年轻的风采

——《南行记》导演潘小扬访谈录

潘小扬这人可真难找。那几天我们不时给他办公室打电话，可他老是不在。也难怪，《南行记·边寨人家的历史》凭着自己独特的魅力，击败许多国家精心选送的参赛作品，一举夺得首届中国四川国际电视节"金熊猫奖"。《南行记·边寨人家的历史》获了奖，潘导成了镁光灯下的焦点，一时被弄得晕头转向。最后，我们还是在《蓉城周报》(今《成都女报》)记者同人的帮助下找到他妻子(《成都晚报》的一位女记者)，才同他联系上。

10月4日上午9时30分，按照约定的时间，我们来到位于成都市东胜大街的四川省电视台。小扬得知我们到了，匆匆迎了出来。他看上去神采奕奕，举手投足间都流露出一位年轻艺术家特有的潇洒。

电视剧部在10楼，办公室有点凌乱，大凡文人都有不拘小节的特性。小扬随和地招呼我们坐下，然后递给我们一张名片，算是做了个简单明了的自我介绍：潘小扬，四川电视台副高级导演，中国电视艺术家协会会员，上海戏剧学院副教授……嗬，头衔还真不少。为了不浪费彼此太多的时间，我们寒暄几句，便在友好而坦诚的气氛中聊了起来。

小扬算是导演界的一名宿将了，虽然他才三十几岁。他第一次拍电视剧是在1975年，那部片子叫《山那边是海》。以后几乎平均一年拍一部，其中《巴桑和她的弟妹们》与《希波克拉底的誓言》

分别获第六届和第七届全国电视剧"飞天奖"单本剧一等奖。从第十届"飞天奖"起,他开始被广播电影电视部(今国家广播电视总局)特聘为评委。

20 世纪 80 年代末,四川省广播电视厅决定组织力量将郭沫若、巴金、艾芜等四川籍现代著名作家的优秀作品搬上荧幕,逐步构筑一个瑰丽多彩的"电视文库"。著名作家艾芜的代表作《南行记》成了这个"电视文库"的首期工程。小扬年富力强,又有一定的艺术造诣,导演的重任自然落到了他的肩上。

电视剧版《南行记》分为 5 部 11 集(最终只上映了 3 部 6 集),《边寨人家的历史》是它的第一部。《边》剧记述了艾芜先生青年时代漂泊到云南边寨一段神奇而浪漫的际遇,具有浓郁的西部特色。原著在中国现代文学史上产生过深远的影响,曾经先后被上海电影制片厂和峨眉电影制片厂搬上银幕。在这样一种情况下,要把《南行记》拍成一部成功的电视剧,是需要勇气的。为了给剧中人物找到合适的演员,小扬沿着艾芜当年漂泊的足迹,艰难地跋涉在西南边陲。哈尼族少女钱冬莉的外表和气质同剧中女主角阿月非常相似,小扬慧眼识才,大胆起用了她——尽管这时有不少明星主动找到他要求出演阿月。

小扬的洞察力真不错,钱冬莉没有辜负他的厚望。开拍前三天,她随小扬到山寨去采景,途中结识了一位少数民族老太太。冬莉问她:"老人家,多大年纪了?"老人回答:"五十多了。"冬莉听了非常感慨:才五十来岁就如此老态,背也驼了,岁月真残酷。谈到往事,老人很伤感,不禁老泪纵横。以后在拍老年阿月的戏时,小扬总是用这个细节启发冬莉,使她眼前老是浮现出那位老人伛偻的背影和憔悴的面容。因为形神兼备地塑造了一个边地少女的丰满形象,冬莉获得本届"金熊猫奖"最佳女主角提名奖。应该说,认识小扬是她生命中一次不可多得的宝贵机遇。

考虑到《边寨人家的历史》是一部传记作品,必须把握好它的艺术真实和生活真实,小扬找到它的作者艾芜老人,并邀请他在荧屏上同扮演他的青年演员进行对话。这样一来,作品增添了强烈的纪实色彩。此外,小扬根据自己的导演风格,拍戏时不仅依靠台词,也很注重人物的造型语言。在评议《南行记·边寨人家的历史》时,那些饮誉国际影视界的评委一致认为:该片格调高亢,成功地表现了中国浓郁的边地文化,在反映人与自然、人与人之间的关系方面突破了语言障碍,从而给人以一种不可阻遏的进取力量。这样一部散发着思想光彩和艺术芬芳的电视剧被授予最佳电视剧奖,是当之无愧的。

临别时,小扬告诉我们:他将去日本参加国际电视节目交流活动,从日本回来后要赶拍电视剧《只有天空》,所以未拍完的《南行记》要等 11 月底才能去缅甸拍。

"《南行记·边寨人家的历史》算不算你最得意的作品呢?"我们合上采访本,提了最后一个问题。

"怎么说呢? 在此我想借用谢晋先生常说的一句话:我的最佳作品还在下一部。"小扬说着把手伸向我们。

我们相视一笑:"那好,我们注视你生命的下一次漂流。"

依然要保持过去的纯真

——著名电影演员李仁堂剪影

有人把电影演员分为"诗意型"和"心理型"两类,而北京电影制片厂著名演员李仁堂似乎应该归属于集这两种不同气质于一身的第三类演员了——这是他在景德镇宾馆留给我们的第一印象。也许从事电影表演艺术的人确实需要某些方面的天赋吧,面对他那壮实的身材、端庄的仪容和那双深邃有神的眼睛,谁都会感受到这位名演员身上所散发出来的气度和艺术感染力。

20 世纪 70 年代,人们大概都不会忘记那部带给广大观众艺术芬芳的《青松岭》吧?影片中那个刚正朴实的万山大叔就是由李仁堂扮演的。因成功塑造这个山民,李仁堂的表演才华第一次在银幕上得到认可。据说当时有些边远地区的山民看了这部影片,纷纷写信到制片厂,要求帮助找到这位"万山大叔",李仁堂也因此名噪一时。在以后的银幕生涯中,他主演过许多优秀影片,其中塑造得颇为成功的有《子夜》中的吴荪甫、《创业》中的华程。由于表演出色,他先后荣获"百花奖"和"文汇电影奖"最佳男主角奖。

《第九号悬案》是李仁堂的最新作品,他在影片中扮演厂长倪春秋这个角色。这部影片不同于那些主题肤浅、人物形象单一雷同的作品。倪春秋作为一个新时期的企业家,面对种种诱惑与胁迫,由于意志薄弱,最终堕落成一个罪犯,值得人们深思。电影文学不是道德哲学,要想引起观众的共鸣,很大程度上取决于能否缩短作品与观众的距离。李仁堂认真读过这个剧本后，觉得要演好这个角色，就必须全心投入，必须把表演艺术还原为生活。悲剧的意义在于将有价值的东西撕成碎片，展示给人们看。李仁堂仿佛从艺术生活中走进了社会生活，于是以流畅而凝重的写实风格表现出倪春秋心灵的阵痛、情感的辗转，可谓出神入化、入木三分。

电影艺术的生命在于一个"情"字，而"情"的源泉在于"真"。李仁堂告诉我们，他非常欣赏像《白毛女》那样生活气息浓郁的作品。作为演员，"白毛女"能够催人泪下、"黄世仁"能够令观众咬牙切齿，以致该剧在延安演出时出现"凡持枪者不能入内"的现象，真不容易。一部作品，不管是电影还是小说，能够这样深入人心，便可算不朽了。而现在有些演员，演了几个角色，有了一点名气，便开始脱离生活，演出来的戏如天马行空，其结果往往只会是把观众一个个从电影院赶出去。更有一些艺术殿堂里的拜金徒，为了中饱私囊，竟干起了走穴的行当，转眼间成了腰缠万贯的大亨。这种丢掉良心、亵渎艺术的丑行，李仁堂向来深恶痛绝。

这几年拍电影，李仁堂走南闯北，到了不少地方，但来江南雄镇景德镇还是第一次。悠悠的昌江水、绵绵的高岭山、巧夺天工的陶瓷珍品，无不使他大开眼界。临别时，他对我们说："一代又一代的人在这片土地上从事大规模的陶瓷生产，创造出如此灿烂的陶瓷文化，并使这座小城闻名世界，这实在是一件了不起的事！躬逢陶瓷节，瓷都人没有忘记我们，盛情邀请我来这个人杰地灵的文化名城参加《第九号悬案》的首映式，使我终于有机会一睹江南雄镇的风采。作为一个电影演员，在今后的艺术生涯中，我依然要认真演戏，认真做人，不断在艺术实践中突破自我，只有这样才无愧于爱护我、支持我的广大观众，无愧于热情的景德镇人！"

记得尼采说过："不想沦为芸芸众生的人只需做一件事，便是对自己不再懒散；他应听从他的良知的呼唤：成为你自己！"是的，电影本身就是一门遗憾的艺术。一个优秀的演员，往往能够不断突破自我，时刻保持过去的纯真，不断增强艺术深度与跨度。只有这样，他的艺术生命才能与时空同在。我想，这也是广大观众对李仁堂的共同祝愿与期待吧？

艺高德馨好传薪

——影视演员赵雅芝访谈录

7月11日晚,习习清风给被烈日炙烤了一天的瓷都大地送来了阵阵令人心旷神怡的凉爽。景德镇千年华诞献礼作品、电视连续剧《青花》的领衔主演赵雅芝在外景地没日没夜地忙碌了20多天后,终于得暇返港与爱子小聚,俏丽的脸上绽满了开心的笑容。约20时许,赵雅芝在其下榻的开门子大酒店简单地用过晚餐之后,轻车简从直奔景德镇机场。在宽敞亮堂的贵宾候机室,秀丽而随和的赵雅芝欣然为瓷都影迷签名致意之后,不顾一天的劳顿,接受了本报记者的采访。其间谈到艺人的"艺"与"德",意气风发的赵雅芝妙语连珠,令记者如醍醐灌顶,似甘露洒心,为其德艺双馨的高洁品性感动不已。

真——艺人要自爱　媒体要自律

近年来,演艺圈内的恶俗炒作风此起彼伏,为广大受众深恶痛绝。这些热衷于"恶炒"的艺人,或为名来,或为利往,其哗众取宠的手段可谓花样百出,无以复加。为了吸引受众眼球,招徕媒体关注,无中生有地发布"某某看破红尘出家清修"者有之,煞有介事地"痛斥"别人在剧组拐跑女友者有之,惺惺作态地"含着泪"通过媒体向老婆"忏悔"偷食"野味"之过者有之。更有甚者,为了求得一夜成名,竟不顾廉耻地向媒体抛售所谓"潜规则内幕",其炒作手段之恶俗可谓登峰造极。另一方面,少数娱乐记者为了片面追求所谓轰动效应，在如蝇逐臭地炒作艺人绯闻的同时，不惜"制假""贩假"，源源不断地向受众"兜售"各种子虚乌有的假新闻。

对于记者提到的上述恶俗现象，赵雅芝浅浅一笑，轻轻倚在柔软厚实的植绒沙发上，颇有感触地说：一个艺人要想脱颖而出，机遇固然不可少，宣传与包装也很重要，但最重要的恐怕还是不能丢弃一个"真"字——对粉丝要心怀真情，对媒体要敢说真话，对演艺要下真功夫——不仅要舍得沉到现实中去体验生活，平时还要懂得积累知识，不能只知道沉湎于灯红酒绿，要有一点"书卷气"。否则，不论你挖空心思炒作的东西如何"惊世骇俗"，其结果也只会是"昙花一现"，何况某些人炒出来的所谓知名度并非越大越好。而一个富有社会责任感的"娱记"应该更多地关注艺人成功背后的辛劳汗水和他们身上有益于社会和民众的各种美德。倘若为了抢夺受众的眼球而一味地捕捉艺人的绯闻，甚至不惜丧失人格炮制假新闻，也便沦为一个低俗而无聊的"狗仔队员"了，怎么可能成得了"名记者"呢？

的确，出道20多年来，赵雅芝之所以能够在影迷们心中青春不老，倚仗的并不全是一张漂亮的脸蛋，更主要的还是其虚怀若谷、学而不厌的敬业精神。别的不提，就说此次为了演好《青花》的女主角夏鱼儿，她不仅趁到古窑风景区参观时细心体验瓷工生活、和画瓷女工拉家常，而且早在接到剧本时便四处搜集陶艺书刊，了解饮誉世界的陶瓷文化，领悟古老神奇的制瓷工艺。看着她在有关陶瓷书刊上画下的一道道红线，剧组的同事无不深受感动。

一个演员，接到剧本后，不在体验生活和积累知识上下真功夫，而是倚仗脸蛋或名气仓促上阵，能够演好个性鲜明的人物吗？至少难以走进角色的心灵！这或许就是赵雅芝"书卷气"之说带给某些演员的鞭策吧。

善——赠人玫瑰　手有余香

某艺人从有关媒体了解到西部一特困县有数名小女孩因家境贫困和性别歧视被家长从课堂上拉回家务农的信息后,迅即不远千里驱车赶到那个县城,又是捐"××口服液",又是捐文具,临别时还信誓旦旦地说要"长期结扶贫助学对子",使几个辍学回家的苦命女娃感激得直下跪。可当诸多媒体纷纷对此"善举"做出报道之后,那位由此"声名鹊起"的艺人却杳如黄鹤了……

某地为赈灾济贫,组织演艺人员开展一场义演活动。消息传出,许多大腕明星"积极响应"。可令人愤慨的是,"义演"落幕后,明星大腕们竟置事先约定的募捐善事于不顾,一个个怀揣着饱含捐款者爱心的大把钞票无情地离去,将负债百万的主办者弃于冰冷的舞台上捶胸顿足、伤心饮泣……

听了记者语调激愤的叙述,赵雅芝迅即从柔软的沙发靠背上直起身子,两眼睁得圆圆的:"他们怎么可以这样,怎么可以这样……"

曾记否,在香港每一次募捐或义演活动上,赵雅芝只要抽得开身,一定会最早出现在现场。倘若身在异地拍戏,她也会通过电话叫家人前去献上一份爱心……

曾记否,香港某医院为了给一位绝症患者配血,在报纸上刊出一则求助信息。赵雅芝闻讯,迅即放下手中的饭碗,心情沉重地冲出家门,冒着寒冷的冻雨打车前往那家医院……

"她从来没有统计过这么多年来究竟为穷人捐过多少钱,因为她认为爱心无价,不必记账。"开始坐在一旁默默倾听我们交谈的赵雅芝此行的唯一女伴向记者透露雅姐上述善举后,十分动情地说,"她最大的心愿是看到世界和平,人类永远远离战争——战争给人类带来深重的苦难,使许多流离失所的孩子失去父母的荫庇……"

"雅姐心地善若水。"这是许多影迷了解到赵雅芝一系列善举之后发出的由衷感慨。

美——最佳"化妆品"是知识和美德

大凡见到赵雅芝的人,无不为其优雅的美丽而惊叹——那是一种成熟女人散发出来的魅力,就像一朵完全怒放的雪莲花。一个奔向半百的女人,何以能够依然如此青春焕发、光彩照人? 赵雅芝抿了一口茶,微笑着告诉记者,她的美容之道十分简单:保持清洁+饮食适量+睡眠充足。至于化妆品,要选适合自己肤质的。不拍戏的时候,她就在家里做柔软体操。总之,只有像养花一样对自己精心一点,女人才能拥有花一样的容颜……当然,平淡开朗的生活心态也很重要,一个人倘若老是像林妹妹那样愁眉不展,用什么化妆品也掩饰不了眼角的皱纹。

"当然,让人青春常驻的最佳化妆品还是知识和美德。"赵雅芝说到这,从身旁的小案几上拿起一个插了一枝绢花的小花瓶,"一个女人如果缺乏知识和美德,即便她包装得再高贵,也只能像这枝假花一样看似美丽,实则无香……"

记者对赵雅芝敏捷的思维和精彩的话语叹服不已,还想就采访提纲中影迷关心的其他话题展开访谈,奈何候机大厅的广播中已经响起了催促乘客准时登机的声音。赵雅芝趁隙给闻讯而来的影迷签名后,看了看墙上悬挂的时钟,略带疲倦地站起身,拎起行李箱,同意犹未尽的记者握了握手,浅浅一笑,迅即步出候机室,汇入了登机的人流……

钟万物之灵秀的人类,之所以向善向美,正因为艺术的长河上奔走着一个又一个艺高德馨的传薪者。他们用人格和才艺点亮的火把照亮别人心灵的同时,也使自己容光焕发、光彩夺目。归途中,望着车窗外漆黑夜色中的点点星火,回味着赵雅芝令人如坐春风的笑脸与谈吐,深深的敬意在记者心中油然而生……

千年瓷路长明灯

——王锡良先生畅谈"珠山八友"

欣逢景德镇千年华诞的大喜日子,江西美术出版社隆重推出国家"十五"重点图书、大型画册《珠山八友》。本报记者近日专访了中国工艺美术大师、大型画册《珠山八友》的编委王锡良先生。82 岁高龄的王老神采奕奕,思维敏捷,而且平易近人。谈起近日在首届景德镇国际陶瓷博览会期间推出的大型陶瓷画册《珠山八友》,王老正本溯源,滔滔不绝地向记者谈起了"珠山八友"对陶瓷艺术的巨大贡献。

创新是陶艺之花的生命

王锡良先生介绍,1928 年,以王琦为首的瓷画艺术团体"珠山八友",最早以"月圆会"的形式结社。众人在一起题诗作画,切磋技艺。这是中国陶瓷艺术史上第一个艺术流派。在此之前,安徽黟县人程门和金品卿以国画手法绘瓷,形成了令人耳目一新的"浅绛彩"。但"浅绛彩"装饰不完善,易脱色,而且瓷器器型不像宣纸那样便于裁剪,这便使画家绘瓷时受到一定的约束。"珠山八友"在吸收"浅绛彩"技法、中国画传统笔墨意境与诗词题跋等艺术形式和绘画手法的同时,又继承和发展了传统粉彩瓷的绘画技艺,从而在陶瓷艺术和绘画艺术的接合部开拓出一片新天地,使陶瓷美术从缺乏生机的装饰功能中脱颖而出。"珠山八友"不断探索陶瓷绘画的表现技法,其成就是多方面的:王大凡在"浅绛彩"的基础上研究出"落地粉彩",不用玻璃白填底色,直接将色料填绘在瓷胎上,既简化了工艺,又使艺术气息更加浓郁了;王琦的人物画在写意国画的基础上,糅合西洋画法,使明暗光彩富于变化,填色粉润与画意传神的效果兼而有之;何许人把粉彩玻璃白运用于雪景山水中,使瓷上雪景更加形象逼真,富有质感……他们不仅严于律己,对弟子亦要求甚严。王大凡有个徒弟,学艺颇能吃苦耐劳,将乃师的风骨模仿得惟妙惟肖,本以为可以讨到先生几句表扬。出乎他的意料,王大凡看了其作品,竟给予了语重心长的批评:"重复别人,不会有出息;有个性,才能有前途。"春兰秋菊,各领风骚,"珠山八友"这种敢于创新、善于创新的求新精神,值得时下某些抱残守缺、墨守成规、甘于重复自己或热衷克隆别人的瓷苑艺人三思。

博学是提升艺品的底气

陶瓷绘画创作是一门综合性极强的艺术,它要求作者具有丰厚的艺术修养。"倘若才疏学浅、孤陋寡闻,其瓷绘作品不是内涵浅薄,就是手法陈旧,或者会视野狭窄、题材单一,终究难成大器。"王老如是说。"珠山八友"之所以能够在瓷苑名噪一时,并对后世产生深远影响,离不开其勤勉的学风。他们当中,有的在瓷校受过系统的瓷艺与画艺教育;有的在红店中苦练多年;有的秀才出身,古典文学功底非常扎实——可以说,大多集诗、书、画、印诸才艺于一身,为陶瓷绘画创作提供了深厚的学养底蕴。拿王大凡来说,他一生中读书的时间远远多于绘画的时间。《红楼梦》《随园诗话》等都是他百看不厌的枕边书。他不仅能画,而且善吟,留下的诗集《希平草庐诗草》收入其不少或感怀时世,或托物咏志的诗词佳作。回头看看时下一些以前卫、先锋自诩的小青年，别说吟诗、作赋、治印，连一手字都写得歪歪扭扭，却急于出名和发财。此种浮躁浅薄之风，令人担忧。

淡泊是一种人生境界

陶瓷艺术创作，是一条艰辛而寂寞的路。王大凡有副自勉联：绘画生涯自甘淡泊，陶人事业首重精勤。这寥寥十六言，堪称当今有志于瓷苑躬耕者的座右铭。试想：你一天到晚"争名于朝，争利于市"，哪有时间潜心于学养积累和技艺创新？更谈不上"坐破寒毡，磨穿铁砚"了。名和利固然诱人，但鱼和熊掌又怎能兼得呢？当翅膀系上黄金之后，鸟儿还能飞得更高、更远吗？

古人云："淡泊以明志，宁静以致远。""珠山八友"践行的正是这样一种从艺精神：他们生前谁都不曾绞尽脑汁想弄顶"大师"的帽子，想画个卖出天价的盘子，只是一门心思在技艺上创新，在学养上添薪，所以一个个终成大家。他们这种"看名利淡如水，视事业重于山"的淡泊精神，对时下瓷苑某些急功近利者来说，堪称一面明亮的镜子。

"相亲"是一种人格魅力

相轻，似乎是中国文人身上的一种通病。时下的瓷苑也流行着这种毛病，彼此轻视，甚至相互诋毁者已不鲜见。这种不良之风令人忧虑。"珠山八友"之所以能够硕果累累、久负盛名，很重要的一点便是其成员具有一种相亲相敬的团结协作精神：王琦虽较富有，对经济拮据的同人却很慷慨，"月圆会"常由他主动做东；刘雨岑、汪野亭、程意亭等人都能虚怀若谷，取人之长，补己之短，最后自成一家；王大凡在瓷苑独树一帜，却未说过一句贬低别人、抬高自己的话。因为团结互爱，他们合作的作品很多。可以说，如果没有这种相亲相敬的亲和力和博大胸怀，也就不会有"月圆会"，不会有"珠山八友"。其相亲相敬的协作道义与"不让东西邻"的创新精神，为后世窑火传薪者掌起了一盏指路明灯。

今天，正是为了传承"珠山八友"的高超技艺和高尚艺德，《珠山八友》大型画册被隆重推出，善莫大焉。人们可以从精美图文中领略"珠山八友"的非凡造诣，感悟博大精深的陶瓷文化，从而将陶瓷事业推向新的高度。"这是我们老一辈陶瓷艺人最希望看到的啊！"王锡良老人如是说。

参天大树的小草情怀

——胡献雅先生赠画逸闻

经常听人叹息如今向名人求字画之难，我不禁想起了胡献雅先生当年向一位普通的汽车司机赠画的故事。

在中国现代美术史上，中国美术家协会江西分会名誉主席、景德镇陶瓷学院（今景德镇陶瓷大学）教授胡献雅先生是一位举足轻重的国画大家。胡老1925年毕业于上海美专后即在画坛崭露头角。作为国画巨匠潘天寿、刘海粟的得意门生，他既攻山水、花鸟，又擅油画和水彩，曾与张大千、徐悲鸿、傅抱石等人广结墨缘，在中国画坛可谓叱咤风云，建树颇丰。早在20世纪30年代，胡献雅先生的大写意作品《牡丹》即在加拿大国际艺术博览会上展出并获奖；1943年秋，为庆祝中英、中美平等新约的签订，他受国民政府教育部委托，以中正大学的名义创作国画作品《红梅图》和《苍鹰》，作为国礼赠送给英国首相丘吉尔和美国总统罗斯福，赠送仪式被拍摄成纪录片在伦敦播放。1960年，他为人民大会堂江西厅创作的巨幅国画《松鹰》和《荷花翠鸟》成为其艺术生涯的又一高峰。

由于长期在景德镇陶瓷学院从事教育工作，胡老巧妙地将自己精湛的国画艺术运用于陶瓷作品的装饰艺术中，使陶艺与画艺相得益彰。他画的《红梅》茶具构图简约而意境悠远，几枝红梅在洁白的瓷杯上斜穿横插，别具雅韵；他画的《红柿》瓷瓶立意新颖，一串鲜红欲滴的柿子挂在苍劲的枝干上，再缀上几片绿叶，一派丰收的景象跃然瓷上。可以说,胡老的陶艺作品和蜚声画坛的书画作品一样,都是艺术宝库中的珍品。

就是这样一棵艺苑中的参天大树,对于身边的普通群众,却有着小草一般朴素的情怀。一次,胡老要去南昌出差,因年事已高,难以承受挤火车的辛苦,也不堪长途汽车的颠簸,因此一时难以成行。得知这一情况后,陶院立马安排一辆小车,送胡老去南昌。出行的那天早晨,司机张师傅受陶院领导嘱托,准时开车来到胡老在陶院的寓所接他。胡老上车后,先是和蔼可亲地询问张师傅的工作情况、爱人在哪个单位上班、孩子在哪所学校上学。一席平易近人的家常话,使张师傅原本有些拘谨的心很快便舒展开来。出乎意料的是,车子还未起程,胡老又从提包中小心翼翼地取出一样东西,不容推辞地塞给张师傅,说:“这趟南昌之行,让你受累了。昨晚为你画了幅小品,请你多提意见,算是留个纪念吧!”面对胡老热火般的情意,张师傅受宠若惊,喜出望外,顿感一股暖流流遍了全身。他如获至宝地捧着那幅墨香浓郁的山水小品,以充满感激的目光凝视着眼前这位慈祥的老人,久久说不出话来……

高山仰止,景行行止。胡老向一个普通司机赠画,并非出于“投桃报李”的答谢。笔者还曾听一位熟悉胡老的朋友谈起过这样一件趣事:一个春雨潇潇的晚上,他去陶院看望胡老。进门后,他顺手将雨伞往门后的钉子上一挂。胡老见了,一边大步跑过来取伞,一边低声惊呼:“糟了,糟了,弄湿了我的‘账单’……”朋友一听,不解其意,满头雾水地望着一脸惋惜的胡老。这时胡老一边用毛巾轻轻地擦拭着门后的水滴,一边苦笑着不无幽默地向他解释:“门后记录的这些人,都曾直接或间接地向我下达过写字作画的‘任务’,奈何老夫琐事缠身,难以一一及时‘交卷’,便把这些

'讨债人'的名字记在门后,以便每天关门之际能够记起这些'债务'。一俟闲暇,即勉力偿还……"听罢胡老这番告白,朋友赶快上前细看,只见门后密密麻麻写了几排字迹模糊的粉笔字,果然是一些人的名字。至此,早已为自己冒失行为而惴惴不安的他,心头又添几分由衷的敬意……

毋庸讳言,艺术家的作品具有商品属性,都有一定的经济价值。出自艺术名家之手的作品"含金量"更高些,也是无可厚非的。但是,倘若艺术家眼睛里只盯着钱,除了做买卖,处处拒人于千里之外,他的艺德和艺术生命将大打折扣。在那些满身铜臭的"艺苑商人"面前,视金钱如粪土、重艺德值千金的胡献雅教授无疑是一面"可知得失"的明镜。

光照千秋一支笔

——缅怀陶瓷美术家毕渊明

1991年5月21日,对于景德镇陶瓷美术界来说,是一个灰色的日子:德高望重的陶瓷美术家毕渊明先生因病不幸与世长辞了。

听到这个噩耗,我如遭当头一棒,很久才喘过气来。冷雨敲窗,更深夜阑,将往事一一展开,昔日与毕老交往的情景又清晰地浮现在我的眼前。

一

记得第一次见到毕老,是在1990年10月初。是时,为了配合首届国际陶瓷节的宣传,《景德镇广播电视报》准备出一期"陶瓷节"专版,编辑部派我去找毕老,请他写一首诗。经友人引见,那天上午9时许,我来到新村西路一幢普通的公寓,叩开了毕老的门。来到里屋后,我看见一个面容清瘦、须发花白的老人坐在窗前的一张写字台边作画。老人画的是一株红梅,那疏密有致的花枝表现出一种傲霜斗雪的力度,冷艳欲滴的花瓣透露出春之将临的消息。他爱人告诉我,这位作画的老人就是毕渊明先生。

看见有人来,毕老忙放下手中的画笔,操着浓重的鄱阳口音热情地招呼我:"啊,年轻人,请坐,请坐!"

我在毕老旁边的一张木椅上坐下,环顾了一下画室,指着桌上那张墨香浓郁的《红梅》问:"毕老,您这么大的年纪,还坚持天天作画写字吗?"

"古人尚且能够'秉烛而学',陆游还把他的书斋称作'老学庵',何况我这个只读过4年私塾的'小学生'呢!"毕老说完,开怀大笑起来。而后,他又用关切的语气问我的名字和年纪,我都一一作答。毕老听后满意地点了点头,说:"20来岁就当了记者,令人羡慕啊!我的青少年时代充满了艰辛……"说着说着,毕老陷入了对往事的回忆中。

1931年,14岁的毕渊明跟随父亲来到具有千年制瓷历史的景德镇学习画瓷工艺。他的父亲毕伯涛是景德镇陶瓷美术史上著名的"珠山八友"之一,诗、书、画、金石无一不精,特别是他的翎毛和花卉题材很有造诣。跟随一代名师学艺,加上悟性过人,毕渊明从小便打下了坚实的艺术创作基础。他爱人告诉我,为了专心学艺,毕渊明在作坊的一个破阁楼上苦练了3年。在这3年里,他全身心地沉迷在神奇的艺术创作中,常常不打开被子睡觉,以至于后来家里人来为他拆洗被子时,居然有几只老鼠从里面蹿了出来——原来老鼠已在毕渊明的被子里"安居乐业"了。因为操劳过度,毕渊明40来岁便白了头发。听了他爱人的这番介绍,我终于明白一个只念过4年私塾的人何以成为陶瓷美术界的一代宗师。

"您是从什么时候开始画虎的呢?"我喝了一口茶,问毕老。毕老沉思片刻,说:"我在贫困潦倒的卖艺生涯中度过了前半生,中华人民共和国成立后和王大凡等一批颇具功力的画家一同进了合作社,这才开始将自己的艺术追求同陶瓷工艺结合起来。我发现,尽管景德镇陶瓷工艺史上涌现的陶瓷美术家很多,取得了卓越的成绩,但有一点很遗憾,就是他们的创作题材只局限于山水、人物和翎毛,像我父亲那样知名的大师,也未致力于走兽这一题材。艺术贵在创新,贵在走别人没有走过的路。画走兽是个冷门,于是我为自己找到了一块可以开垦的新地。"

关于毕老画虎,他的长女、陶瓷美术家毕德芳告诉我:"父亲画虎,可以说是殚精竭虑、废寝忘食。为了画好虎,他用大量的精力研究了《芥子园画谱》和张大千等大师的作品。特别是画虎圣手刘奎龄的作品,他看上一眼就要琢磨半天。此外,每次到外地开会或参观,别人忙着去看名胜古迹,父亲首先关心的却是动物园在哪里,而且在动物园里一待就是大半天,几十年如此。他画的虎能达到相当高的艺术境界并由此获得'毕老虎'的雅称,也就不足为奇了。"

听了毕德芳女士这番叙述,我忽然想起了初晤毕老时听到的那个关于"牛尾巴"的故事。当时,我看到桌上那张墨迹未干的《红梅》上的枝干浓淡不一,便不解地问毕老:"您这幅画上的梅树,怎么有的枝画得淡,有的却画得浓呢?"

"淡的是向阳的,浓的是背光的,这样才显得有层次,或者说有立体感。"毕老接着给我讲了这么一个故事:北宋有位收藏家曾收藏过画牛大师戴嵩的《斗牛图》。他将此画挂在门外晾晒,正巧被一个过路的樵夫看见。樵夫看了《斗牛图》,站在旁边笑了起来。收藏家问其故,樵夫说:"这幅画上的牛画得不像!"收藏家问:"哪点不像?"樵夫指着画上的牛尾巴说:"牛在争斗时,总是把尾巴紧紧夹在两条后腿之间,即使力气再大的人也别想拔出它。而这幅画上的牛在斗架时却把尾巴举得高高的。""看来,即使是再有名气的大师也会有败笔,这个樵夫真有眼力啊!"听到这里,我不禁赞叹道。

"是啊,艺术家一旦脱离了生活,就会闹出笑话来。那个樵夫虽然不会作画,可他长期跟牛接触,对牛的习性了如指掌,当然可以看出戴嵩的破绽了。"毕老越说越兴起，他做了个习惯性动作，将指间的烟灰往桌上一个旧茶杯里弹了弹，又美滋滋地吸了一口烟，然后悠然地看着我。

"毕老，您讲的这个故事对我们的启迪太深刻了！"

"是啊，它说明'师古人不如师造化'，一味模仿古人，不如到大自然中去多多学习。我画老虎也是这样。所以陆游说'纸上得来终觉浅，绝知此事要躬行'，写诗如此，作画也不例外。艺术创作是触类旁通的。当然，'师造化'并不是硬要你去厚今薄古。相反，古代有许多东西还是可以滋养我们的，我就从古人那里免费学到了不少东西哩！"毕老说到这里，开怀地笑了。

"听说您老人家博闻强识，《古文观止》里的两百多篇古文能够倒背如流。正因为您积淀丰厚，所以形成了融诗、书、画于一体的艺术风格，达到了一种非常完美的境界。"

"过奖了，你过奖了！"毕老慈祥地笑了笑，接着说，"不过对学习古典文学，我倒是下过一番苦功的。远征，我们都是属马的，老朽大你60岁，我就背一篇韩愈的《马说》给你听吧！"说毕，老人家兴致勃发，抑扬顿挫地背诵起《马说》来。背完后，他意犹未尽，又从柜子里拿出几轴字画："来，给你看点东西。"说完，他展开其中一幅，上面的诗句是："泠泠七弦上，静听松风寒。古调虽自爱，今人多不弹！"这是毕老书写的一首唐诗。整幅作品笔力圆润而苍劲，与诗的风格浑然一体，给人以一种沉郁冷峻、清幽玄妙的享受。

接着，毕老又拿出一幅画，介绍说："这是我画的最后一只老虎。"我仔细端详，但见瀑悬高崖，苍穹如盖，茂密的草丛中卧着一头斑斓猛虎。那虎锯齿电目，似跃非跃，让人感觉到一种威武、一种雄风和一种咄咄逼人的气势。

至此,我终于明白了"毕老虎"的盛誉何以在陶艺界经久不衰。毕老于强手如林的陶瓷美术艺林中另辟蹊径,以其卓越的画技和奇特的风格独步瓷都画坛。他创作的陶瓷美术作品远销亚、美、欧等许多国家和地区,在我国香港、澳门地区和东南亚各国的影响尤其深远,许多知名的收藏家以收藏了"毕老虎"的作品为荣。景德镇市政府工作人员有次到新加坡考察,在一家陶瓷精品拍卖行内看到一块毕老画的《虎啸》瓷板画,许多富豪出价七八万美元,均被老板拒绝。后来,老板干脆在此瓷板画上标上"非卖品,供欣赏"几个字,并解释其为"画虎大师"毕渊明的真品,属无价之宝,将作为一件家珍传给儿孙后代。足见毕老的"老虎"在海外影响之大、声誉之佳。

二

就这样,我和毕老成了忘年交。有一天,我忽然接到他托人捎来的口信,叫我到他家去。我以为毕老有什么事找我,便匆匆赶到了他家。进门刚坐定,毕老便从橱子里兴致勃勃地拿出一幅字画,一边展开,一边对我说:"远征,我送你几个字——'勤能补拙,俭可养廉',让我们共勉吧!"

我一时惊诧不已,因为我从未向毕老提出过创作要求,老人居然如此有心,真令人感动。激动地接过这件寄寓了毕老无限情谊和厚爱的珍贵礼物,我端详了好久。那苍劲的笔触、深刻的内涵,正是中国陶艺界一代宗师一生旷世风范的真实写照。它值得每一个后学者铭记于心,也是我终身受用不尽的一笔宝贵的精神财富。

毕老一生宁静淡泊、洁身自爱,即便在最潦倒的时候也从不为金钱所动。晚年退休在家,许多个体户找上门来,许以重金,求他出售瓷板画，都被他毫不犹豫地拒绝了。其实，他并不富裕。从少年时代起，他睡的一直是板凳搭木板，直到晚年才睡上了子女为他购置的架子床。一次，有个青年慕名前来拜访他，进屋后看了半天，只看到一个衣着朴素的老人坐在窗前看书。那人以为自己走错了门，便扫兴地离去了。在这类人心中，一生在全国各地举办过54次个人画展的"毕老虎"似乎应该是峨冠博带、神采照人的。

毕老的创作态度向来是非常严谨的，不是自己满意的作品，他从不轻易拿出来示人。到了晚年，他患了严重的白内障，手术后，他的视力越来越差。有人曾建议他趁自己身体尚健，为世人多留下几只"老虎"，而毕老只是淡然一笑，从此再也不画老虎了。他告诉我，画虎往往需要工笔，而视力不好是难以为之的。如果勉强为之，难免会留下一些败笔，留下一些遗憾。这样画，于人于己都是不负责任的。因此，当他视力衰退后，便再也没画过老虎了，尽管他的心中久久萦回着一种若有所失的惆怅。还有一次，也就是《景德镇广播电视报》出刊三百期前夕，我曾去看望过他一次。老人用钢笔在纸上写了几行诗给我看，说是为我们报纸出刊三百期而作，诗尚未作完，他正在推敲，希望我能提点修改意见。后来，我们派人去他家取稿，不料他谦虚地说："诗写得不满意，还是不让它面世为好，免得贻笑大方。"事后，我们编辑部的同人听了，无不为毕老这种于人负责、于己负责、严肃端正的创作态度所感动。尽管我们没有如愿以偿地得到他赐给编辑部的诗作，但他带给了我们另一笔宝贵的财富——一位老艺术家严谨治学的可贵精神。在日后的工作和学习中，我们要以此时时鞭策自己，把它化为人生征途上激励信念的动力。

三

　　毕老还是离开了我们。病重期间,他就立下遗嘱,要求大家在他谢世后不开追悼会,不送挽幛,不放鞭炮,也不要哭泣——好让他的灵魂获得安宁。按照毕老的心愿,他的骨灰被撒入波涛滚滚的钱塘江里。我深深为毕老这种崇高的精神境界所感动,也痛惜自己失去了一位好老师、好朋友,遗憾自己当时因身在异地开会而未能在他弥留之际见上他一面。

　　生命有代谢,精神永不朽。瓷都景德镇的熊熊窑火之所以历经千年而不灭,是因为有一代又一代的陶瓷美术家为之付出、奉献。他们为了振兴民族文化,穷极毕生精力而求索不已,犹如璀璨的群星点亮了瓷都文化历史的长空。在这些耀眼的群星中，一代宗师毕渊明先生是格外辉煌的一颗。尽管这支如椽巨笔已永远被岁月残酷地尘封了，但他留下的光泽必将照亮一代又一代为中国陶瓷美术事业不断开拓、求索进取的后来人。

孤独的跋涉者

——狂飙诗人袁利荣剪影

"一间清贫简朴的陋室构筑着缪斯辉煌的殿堂，一派落拓不羁的风度深藏着一颗纯真而执着的灵魂。"一见到久违的袁利荣，再联想到他见诸全国各地报刊的、涌动着火焰般激情的诗作，我在心中这样默默地说。

一

1957年4月12日，利荣出生在合肥市一个普通工人家庭。20岁那年，他以优异的成绩考入了南京航空学院（今南京航空航天大学，以下简称南航）。虽然学的是工科，但他在梦中追寻着另一种人生的风景——与缪斯女神结下了不解之缘。

其实，利荣热爱新诗创作由来已久，他十多岁便深读了巴金的"爱情三部曲"。到中学毕业之时，鲁迅、茅盾、郭沫若、塞万提斯、雨果等人的作品，他已烂熟于心。插队两年，在农闲时节，他又熟悉了但丁、普希金、雪莱和泰戈尔等文学巨匠。

走进南航后，他把阅读的重点放到了对人类思想宝库的参悟上，并着手写起了一部长篇小说。到底是火候未到，未写一半就写不下去了。于是他"降格以求"，又写起了一部名曰《砸锁》的中篇小说。稿子在几家出版社"周游"了一番，又被退了回来。收到最后一家出版社的退稿信时，他的心情逐渐平静了："肯定是自己的功力太浅！我是一个普通工人的儿子。除了以自己的作品去揭开缪斯女神的面纱外,还能依靠什么呢?"

于是,他把文稿深深地锁进了抽屉里,在书山登攀。他在自己所有的笔记本的扉页都题上"面壁十年",他将这四个凝聚着青春的激情和期待的字深深地铭刻在自己的心上。从此,他确确实实仿效了达摩的苦心,整整八年未向任何报刊投过一个字的稿件。

二

24 岁的利荣从南航毕业了,被分配到昌河飞机制造厂,不久又进入中国直升机设计研究所。

研究所坐落在景德镇东郊,群山环抱,分科研区和生活区。科研区在山沟里,生活区在山脚下。1985 年秋,他在远离尘嚣的山沟里要到了一间房子,开始离群索居,过起了"青灯黄卷"的生活。他白天和同事们一起上班,下班后骑自行车下山到食堂吃饭,饭后又上山回到办公室或寝室。夜阑人静,独自一人守着幽壑,听着窗外的阵阵松涛,徜徉在芳菲泛滥的书山香径之中,这正是他多年来在梦中寻觅的一片心灵的净土。

这种与世俗格格不入的生活方式,招来了一些无聊的非议。有人甚至怀疑他是不是精神病患者。其实,在南航读书的时候,也曾有人怀疑他精神失常。南京是全国闻名的"四大火炉"之一,来自天南地北的大学生们一到暑假便离开避暑,而他却偏偏将自己禁闭在这个炽热的熔炉里,几个暑假都是在空荡荡的校园里度过的。"是火山,终有爆发的一天。"他在心底向圣洁的缪斯这样深情地呼唤。

三

苦心人,天不负。面对利荣锲而不舍的追求,缪斯女神终于为他垂下了高傲的头颅。1988年3月起,安徽省七家报刊陆续推出了利荣的诗作。之后,他的上千首诗以破竹之势,如狂飙般席卷了全国28个省、市、自治区的主要报刊。1989年3月,他的诗作《帆》在《广州日报》等七家单位举办的珠江三角洲诗赛中获奖;同年10月发表于《中国诗人》的组诗《大上海采撷的诗行》被国内诗评界誉为"中国诗人写上海的一次突破",并一举夺得江西省最具权威的文学大奖——谷雨文学奖。发表在该年末期《花城》杂志上的《城堡下》,以高昂的格调和明快的旋律讴歌了"献身社会"的进取精神,受到诗坛关注。散文诗《期待》则在全国第二届青年散文诗大赛中获奖。《中国青年报》连续三年在元旦期间隆重推出他的诗作。

也许应验了"痛苦出诗人"这句话,正当利荣沉醉在缪斯女神的柔情蜜意中时,命运再一次向他发起了挑战:他的右腿股骨上端长有骨巨细胞瘤,必须立即进行手术。这场灭顶之灾让利荣经历了半年多灵与肉的对话。他在病榻上写下了长达400多行的大型组诗《骨巨细胞瘤》。这组长诗配上老诗人马晋乾高屋建瓴的大型评论《导弹发射的诗星》,发表在1991年第3期的《太行山》上,又轰动了国内诗坛。就这样,利荣在生与死的边界线上又完成了一次勇敢的超越——这不仅是一次生命的超越,也是一次灵魂的超越、一次艺术的超越。或许得益于这次在炼狱中的感悟吧,他再接再厉,在1992年首期《北岳风》上又推出了大气磅礴的《生命三部曲》,并再一次摘得了谷雨文学奖的桂冠。

四

　　利荣狂热的艺术追求和丰硕的成果,引起了人们的强烈关注,包括《中国青年报》《法制日报》《北京日报》《长江日报》《中国青年》在内的国内六十余家报刊,纷纷在显著版面(位置)刊出了关于他的专访。令他终生难忘的是1994年12月,中国作家协会召开书记处会议,决定破格吸收他为中国作协会员。在"介绍人意见"中,著名诗人张志民称他"创作态度严肃认真,作品大都具有较好水平";著名诗评家钱培光则称他是"近年中国诗坛中颇有成就的诗人,他的诗中有中国人的'骨''气'。当代中国诗坛需要这样的诗人。"利荣,一个普通工人的儿子,凭借卧薪尝胆般的意志和狂飙般的冲击力,抵达了诗神的殿堂,完成了常人需用二三十年才能走完的征程。

　　为了寻求精神的家园,利荣38岁仍旧如古寺孤僧孑然一人。不是没有花好月圆的春夜,不是缺少彩云追月的浪漫——他是将诗人的豪情和男人的温情融入对缪斯女神的深深眷恋之中去了啊!

　　"青山在,人未老。"深深地祝福你,我们的狂飙诗人,孤独的跋涉者。

情 有 独 钟

——节目主持人郭顺安印象

成功的花/人们只惊羡她现时的明艳/然而当初

她的芽儿/浸透了奋斗的泪泉/洒遍了牺牲的血雨

——冰心《成功的花》

一

有位先哲说得好:"人的最高理想是自我实现。"是的,为了实现自身的价值,人们满怀激情,在堆满乱石的生活之路上追寻着各自的人生坐标,追寻着各自的最佳位置。可是,郭顺安当初怎么也没想到命运之神会把他安排在万众瞩目的荧屏上。

人生是由一连串的偶然组成的。1985 年,郭顺安在江西省军区、省总工会等六家单位举办的"我为祖国腾飞献青春"演讲大赛上,以睿智犀利的口才、纯朴端庄的风度一举夺取了桂冠,为瓷都人争得了荣誉。获奖归来后,他参加了省陶瓷公司业余文工团。一次,文工团搞大型文艺晚会,由郭顺安担任节目主持人。他那稳健的台风、高雅的气质和娴熟的技巧博得了全场观众的热烈掌声,也引起了场内几位电视新闻记者的关注。当时,景德镇电视台正在物色一个理想的播音员,经过几位记者的推荐和广播电视局领导的考核,郭顺安幸运地成为瓷都荧屏上的首任正式播音员。这一年,他三十岁,正好是而立之年。

二

电视播音工作是一项万众瞩目的工作,令多少人心驰神往。然而,要做一个出色的播音员光有天赋是不够的,还必须具备高雅的气质、渊博的学识和过硬的专业素质。郭顺安深刻地意识到这一点,他是有切身体验的。刚上荧屏的那段时间,有次他在路上遇到一位老友。彼此寒暄过后,他原以为老友会像往常一样对他恭维一番。可是完全出乎他的意料,那人将他拉到路旁,压低嗓门说:"小郭,昨晚你播新闻时读错了一个字吧?你怎么把'跌宕起伏'读成了'跌岩起伏'?"郭顺安听了,脸"腾"地红到了脖子根:怎么?那是个"宕"字?稿件上好像写成了"岩"字呀!不,不能怪作者,如果自己知道"跌宕起伏"这个成语,任他把"宕"写成"岩",自己也不会念错它呀!想到这儿,郭顺安对友人的善意指正连声道谢。从此,他的心中一直紧绷着一根弦:一定要提高自己的文化水平,消灭错别字!

"厚积薄发"是艺术创作的普遍规律,它同样也适用于播音工作。为了加强播音专业素养,郭顺安在繁忙的工作之余将自己沉到了茫茫的书海之中:《播音概论》《寄青年播音员》《新闻采访与写作原理》《古代汉语》《现代汉语》,这些单调、枯燥、乏味、玄奥的书,他啃了一本又一本,做了一本又一本的读书笔记。对于播音前的备稿,他以"千分准备、一分表现""只问耕耘、不问收获"作为自己的座右铭。备稿时遇到疑难,哪怕是只有千分之一的疑难,他也要查字典、问别人。

在对播音工作兢兢业业、满怀热忱的同时,郭顺安不断开拓事业的新天地——他对景德镇市的节目主持人工作倾注了满腔热血。八年来，景德镇市许多大型文艺活动的舞台上都留下了他那光彩照人的风姿和潇洒倜傥的身影，其中最令人难忘的是他在演出前的充分准备和随机应变的临场发挥。作为历届国际陶瓷节文艺晚会节目主持人，他的精彩表演给人们留下了深刻的印象。1990年10月，著名歌唱家关牧村应邀来景德镇市参加首届国际陶瓷节的文艺演出。郭顺安事先掌握了她参加规模盛大的第十一届亚运会闭幕式并演唱了歌曲《来年相聚在广岛》等背景材料，于是在她出场时妙语连珠："我们刚从电视屏幕上欣赏到关牧村女士的精彩表演《来年相聚在广岛》，没想到这么快就同她相聚在瓷都，看来关女士同我们瓷都的广大观众特别有缘啊！"这段即兴发挥立刻拉近了演员与观众的距离，博得了关牧村和全场观众经久不息的掌声。还有一次，当在厦门工作的景德镇籍歌手李战和应邀归来参加国际陶瓷节的文艺演出时，郭顺安是这样把他介绍给观众的："大家对《当年的老李回乡来》这首民歌一定非常喜爱，现在，当年的老李真的回乡来了。让我们以热烈的掌声欢迎来自厦门的景德镇籍歌手李战和为大家演唱这首动人的民歌。"话音一落，全场掌声雷动。当李战和以饱满的激情唱完《当年的老李回乡来》后，郭顺安又满面春风地说："想不到当年的老李依然这样年轻，让我们衷心地祝愿这位瓷都游子永葆青春，愿他的艺术生命与你我同在！"这番文辞隽永、意味深长的"小结"，再次博得了李战和与全场观众的阵阵掌声。此外，郭顺安先后主持了马季、冯巩、牛群、李谷一等人的演出活动，这些著名演员对郭顺安端庄、大方、洒脱的主持风格无不表示欣赏。

三

为了满足播音工作的需要,景德镇电视台陆续向社会招聘了一批青年播音员。在这些青年播音员中,郭顺安既是负责人,又是老师,还是兄长。为了提高他们的素质,他主动把《景德镇新闻》播音工作的担子压在他们的肩上,让他们有更多的机会在实践中得到锻炼。针对他们时有错读的情况,他又根据自己日积月累的经验编写了一份《常见多音多义字表》,让他们一一过关。针对年轻人有盲目崇拜与模仿名人的倾向,他又这样谆谆教导:尽管月亮对太阳的模仿传神、逼真,但它终究没有自身的光芒,没有温暖世界的热能。与此同理,模仿名人只能让人觉得肤浅、平庸,一个有作为的播音员应该博采众长、独辟蹊径,以自己别开生面的风格,给荧屏注入一股清新的空气,给观众带来一种全新的感受。郭顺安热心对年轻人授业解惑,但他从不以先生的姿态自居。他常常谦虚地对年轻人说:"汉语博大精深、浩如烟海,播音员常常会遇到这样那样的难题,欢迎大家对我多提宝贵意见。"有一次他在办公室备稿,误将"踱(duó)步"念成了"踱(dú)步"。一个"女弟子"听了,当场纠正,郭顺安不但不因此感到难堪,反而风趣地对她说:"谢谢你,我的'一字之师'!"

岁月如梭,物换星移,郭顺安在他钟爱的荧屏天地中转眼间便耕耘了八年。八年来,他以磁石般的魅力吸引了瓷都的广大观众,并赢得了人们的喜爱。岁月悠悠、征程漫漫,我们由衷地祝愿他的事业如日中天,他的艺术之花更艳、生命之树常青!

生 死 豪 情
——追记全国抗震救灾烈士陈大桂

人生自古谁无死,留取丹心照汗青。

——[宋]文天祥

舍 生 忘 死

2008年5月12日,历史将永远铭记这个黑色的日子——一场8.0级的强烈地震撕裂了美丽的汶川、青川、北川,扯痛了亿万中华儿女的心。

那一天,回到家乡北川羌族自治县擂鼓镇陈山村休假的解放军二炮驻赣某部排长陈大桂正带着对幸福人生的美好憧憬,兴高采烈地同自己的藏族新娘杨欢请乡亲们帮忙修整新房,准备4天后按家乡风俗举行婚礼。

14时28分,地动山摇,灾难突降。"不好,地震了,大家赶快跑!"面对突如其来的震灾,陈大桂镇定自若,一边迅速推开屋门,一边指挥众人冲出屋子,向安全地带疏散。奶奶由于年迈体弱而腿脚不便,由尚未过门的杨欢和公婆搀扶着走在人群后面。

地震越来越强烈,眼前熟悉的山丘和田野像海面上时起时伏的惊涛,断裂,拱起,塌陷——古老而美丽的家园厚土,顷刻之间化作了满目疮痍的废墟。在一阵震耳欲聋的轰响中,一片巨大的山体似突然从冰山上崩裂的冰块,以排山倒海之势向正忙于转移的乡亲们袭来!

眼看一场灭顶之灾越来越近,心理素质良好的陈大桂临危不乱,有条不紊地指挥众人朝西南方一片没有开裂的山地奔跑。

才跑出一段路,一条又长又宽的沟渠突然横亘于眼前,挡住了众人的逃生之路。

呼啸飞泻的山体越来越近,死神的跫音越来越响!

千钧一发,一发千钧,二十多条生命悬于一线!没有片刻的迟疑,没有丝毫的畏惧,陈大桂纵身跳下沟渠,以一个军人的血肉之躯在生与死的交界处搭起了一座生命的桥梁。68 岁的桂正国老人,年过半百的陈言庆大叔,还有村主任桂平邦……就在死神逼近的最后两分钟时间里,陈大桂竭尽全力将 11 位乡亲推到了生的彼岸。

桂平邦是第 11 个也是最后一个被搭救的幸存者。当陈大桂将他猛地推过沟渠时,他意识到死神已伸出了罪恶的黑手,于是跺着脚撕心裂肺地哭喊:"大桂,快跑!"此时如果陈大桂纵身一跃,便可登上生的彼岸。可后面还有被飞泻的山体追逐着奋力疾奔的几名乡亲和慈爱的奶奶、父母以及自己心爱的新娘啊!面对桂平邦的哭喊,活动着胀痛的胳膊准备搭救下一位跑在前头的乡亲的陈大桂连头也没回,只应了一声:"你自己快跑,来不及了!"话音未落,飞驰的山体倾泻而下。一瞬间,大桂一家五口以及来不及逃生的另外 4 位乡亲被无情的泥石流席卷、吞没⋯⋯

强震稍息,幸存的乡亲和救灾官兵先后两次到事发地展开拉网式搜救,只在劫后废墟里觅到一个鞋盒和一本影集,鞋盒里装着陈大桂读书以来历年获得的各种荣誉证书,影集里则夹着一张崭新的结婚照。照片上,26 岁的陈大桂身着礼服,英气逼人;与他同龄的爱侣杨欢依偎在他身旁,笑靥如花。

然而,这是一场永远无法举行的婚礼⋯⋯

山河同悲失贤良,英魂永驻天地间。

就在英雄牺牲不到半年的 2008 年 10 月,陈大桂被党中央、国务院、中央军委联合追授为"全国抗震救灾模范"。

铁 心 砺 剑

水有源,树有根。抗震英雄陈大桂义无反顾、舍生取义绝非偶然之举,回眸其短暂人生历程中留下的闪光脚印,人们不难看到一个英雄的成长轨迹。

还是念高中的时候,沐浴着党和政府民族政策的阳光长大的陈大桂便对党组织心存向往。各门功课成绩出类拔萃的他不仅获得首届县长奖学金,还屡屡被评为三好学生。由于品学兼优,2001年高中毕业时,他便光荣入党,成为全校 1400 多名学生中首批入党的 3 人之一。难能可贵的是,填报高考志愿时,成绩优异的他毅然放弃可被名牌大学录取的机会,满怀报国之志选择了军校。四年后,从中国人民解放军第二炮兵工程学院毕业的他又带头发挥党员干部的先锋模范作用,主动申请到环境最艰苦、任务最艰巨的一线部队服役。他还给自己取了个"铁剑"的笔名,以明"铁心砺剑,报效祖国"之志。

陈大桂在军校攻读的是导弹发动专业,到一线部队后,被安排在导弹水平测试岗。导弹测试要求异常严谨,可谓"差之毫厘,失之千里"。为了确保测试工作万无一失,每次执行任务时,陈大桂都如履薄冰,一丝不苟。2007年的一天,陈大桂奉命执行某新型导弹飞行试验任务。在最后的系统综合测试中,一个参数出现了两秒钟的异常。一向谨小慎微的陈大桂迅即请示上级,果断中止了测试。有人认为参数异常或因操作失误所致,陈大桂却凭着扎实的理论知识和丰富的实践经验,判断问题可能出在测试软件上。他的判断最终得到了导弹专家的证实:应邀前来排难的专家通过复原每一个细小的操作,终于查出测试软件的兼容性有点问题。症结找到了,深谙其道的陈大桂琢磨一番后随即提出了富有创见的改进对策,很快被专家采纳。事后,一名专家在部队首长面前充满敬佩地竖起大拇指直夸陈大桂:"你们这个陈排长敢担大责任,了不起!"

宝剑锋从磨砺出。陈大桂能够如此精通本职岗位上的技术,绝非与生俱来的天才智慧,而是以皓首穷经的韧劲和强烈的使命感刻苦钻研的结果。走进军营后,他几乎把所有的业余时间都用在专业学习上。别人得花数年时间才能学完的20多本专业教材,他仅花了一年工夫,此外还掌握了10多个测试岗位的操作指挥技能。就在英勇牺牲的半年前,为尽快解决某新型导弹测试操作无规程的问题,他受命到某厂见习,编写操作规程。在短短两个月的见习时间里,他惜时如金,不分昼夜,经过一番呕心沥血的努力,竟编写出 3 本 8 万多字深入浅出的操作规程,而且全被二炮审定为训练教材。由于德才兼备,他在短暂的军旅生涯中创造了诸多令人瞩目的"第一":在同批干部中第一个被评为测试专业一级技术能手;第一个当上疑难岗位的测试指挥长;在同年毕业分到部队的 37 名学员中,第一个荣立三等功。这一顶顶用心血和汗水织就的桂冠,书写了一个基层指挥员别具风采的人生传奇,也见证了当代军人无比赤诚的忠魂……

大 爱 无 疆

英雄,并非总是不苟言笑,并非总是在练兵场上厮杀呐喊。面对战友,英雄的心热得像一团火;面对群众,英雄的情浓得像一缕永远化不开的血脉……

——战友小王在野外训练中扭伤腿脚,他饿着肚子翻山越岭往返数十里地,几经周折从乡村诊所买来消炎药,并热心地帮战友按摩治疗……

——战友小张因伤风受凉高烧不止,整日粒米未进。他一连几夜不顾白日拉练的极度劳累,一边为小张熬粥,一边以冷毛巾为其进行物理降温,直至东方破晓……

——战友小李好学上进,想参加自学考试"充电",却苦于买不到教材。他千方百计费尽周折委托去外地出差的熟人帮小李买来教材,并常常伴着夜读的灯光为其释疑解惑……

——2007 年夏季的一天,部队驻地突发森林火灾,参加救火的战友小刘被大火包围，生命垂危。生死攸关之际，又是他第一个奋不顾身冒着危险冲进熊熊山火中，将命悬一线的小刘救出……

——乍暖还寒的早春，部队外出拉练的途中，目睹一位年迈的老农光着脚丫步履蹒跚地走在杂草丛生的田埂上，他顿生恻隐之心，迅即掏出随身备换的一双新胶鞋，跑上前去塞到老农手中。老人接过这位与自己素不相识的满面春风的子弟兵递过来的胶鞋，心中顿时涌起一股无法言传的暖流。可他又怎会知道，眼前这位质朴可爱、古道热肠的青年战士平时节俭得连一双已裂开口子的皮凉鞋也舍不得轻易多穿一回，总是藏在柜子的深处……

——早在 2002 年 4 月，军校组织学员赴延安参观学习，接受革命传统教育。其间，陈大桂了解到当地有的孩子因家境赤贫而面临辍学的困境，难过得流下了眼泪。后来，他的同学吴坤友动情地告诉记者："这是我第一次看见大桂流泪。回到军校后，他立即组织大家为延安那些穷孩子捐款，并带头捐出了当月所有的津贴。"在大桂火热爱心的感染下，同学们纷纷慷慨解囊，一笔笔善款带着人民子弟兵的深情厚谊源源不断地飞向延安山乡，飞向那些充满期盼的孩子们的手中……

这一桩桩感人肺腑的往事，抒写着陈大桂对战友和人民群众的无疆大爱。

春 风 化 雨

英雄已逝，风范永存。

陈大桂为救群众而英勇献身的噩耗传来，其生前所在部队官兵为之悲恸,部队驻地群众为之哀痛。可敬的战友,亲爱的兄弟,你在哪里?你可知道,战友想念你,由你的爱心之火点亮希望之灯的山区孩子想念你,被你以血肉之躯从死神手中夺回生命的11名群众和巴山蜀水千千万万的父老乡亲想念你!

陈大桂走后,战友们一直保留着他生前的一切:柜子里,他穿过的衣服依然整齐地挂在那里;餐桌上,他用过的碗筷依然摆在那里;写字台上,他用过的钢笔依然摆在那里;小小的寝室里,他睡过的被子依然平整地摆在那里;窗前那盏几年来伴随他思索人生、攻坚克难的旧台灯,每当夜色降临依然会适时亮起……

春风化雨,润物无声。陈大桂可歌可泣的事迹激励着一个又一个见贤思齐的后来者——

地震发生时,大桂的老乡、战友杨麒也在家乡休假,因此是部队第一个得知大桂为抢救乡亲而英勇献身的人。英雄的壮举深深地震撼着他的心灵,余震尚猛,他就主动放弃休假,顾不上家中亲人的安危,连日奔波于废墟中,一头扎进抗震救灾的战斗中……

家境不错的战士高超原本因为吃不了在部队摸爬滚打的苦,想退伍回家。在排长壮烈风范的感召下,他毅然决定继续留在军营锤炼,并怀着满腔热忱递交了入党申请书,表示要以自己的实际行动来完成排长未竟的事业……

英雄生前所在营的全体官兵以大桂的事迹为动力,为告慰英灵,在2008年参加的各项军事比武和技术考核中获得4项第一、1项第二,并荣获集体三等功。

东方破晓,响遏行云的军号唤醒了又一个崭新的早晨。中国人民解放军二炮驻赣某部的战友又开始了一天的集训。料峭寒风中,英姿飒爽的官兵们笔直地挺立着刚强的脊梁,宛若一道坚实的长城。

"陈大桂!"

"到!"

当部队首长点到陈大桂的名字时,全体官兵异口同声地大声应答。

是的,英雄不死,英灵永在! 陈大桂永远和战友们在一起,永远昂首挺立在队伍最前列……

绝 境 逢 生

—— 一场爱心与死神的赛跑

　　昌江区鲇鱼山镇少女徐珍(化名)幼年丧父,与靠种半亩菜地谋生的母亲相依为命。祸不单行,徐珍从小便患上了先天性心脏病,任何一次剧烈的心跳都有可能夺取她的生命。

　　浮梁县三龙乡(今三龙镇)杨家店村青年周勇(化名)因家境贫穷,才上完小学便辍学在家种田。为了改变命运,6年前,19岁的周勇带着对都市的向往,只身来到景德镇谋生,开了一家电脑维修店。前不久,他通过市交通音乐广播发布了一条信息,打算招个坐店的帮手。病弱的徐珍便在此时给他打了一个电话,两个苦命的农家孩子"萍水相逢"了。

　　在风雨飘摇的生活中吃尽了苦头的周勇了解到徐珍的不幸遭遇后,对其深表同情。2005年11月,他毅然关闭了自己赖以为生的电脑维修店,四处举债筹集到2000余元钱,带着徐珍远赴上海长虹医院求医。然而,上海专家的诊断结果令徐珍喜忧参半:病可以治但必须尽早,如果拖延下去,会有生命危险。医生让徐珍火速回家准备6万元的治疗费。

　　6万元,对于一贫如洗的徐珍家来说,无疑是个天文数字,而对满腔热情的周勇,也无异于当头泼下一盆冰水。

　　正当徐珍陷入无望的绝境时,景德镇的新闻媒体向她伸出了援助之手。一向以关注民生而深受瓷都群众称道的景德镇广播电视台《新闻晚 8 点》节目组闻讯,立即派出青年记者肖津驱车前往徐珍家所在的昌江区鲇鱼山镇了解情况。采访中,肖津了解到,为了筹钱给徐珍治病,徐母已把丈夫生前留下的那栋破旧的老屋廉价卖掉了。现在,家里已实在没什么可以变卖的了。面对眼前这个被病魔摧残得双手都已严重变形的女孩,肖津的心为之震撼!采访结束后,他火速赶回台里,抛开所有的杂务,和同事一道紧张而忙碌地制作节目。当晚,景德镇广播电视台《新闻晚 8 点》播出了一期专题新闻节目《花季少女命悬一线,期盼好心人的爱心救助》,并公布了节目组受理捐助的电话号码。

新闻播出的第二天,节目组很快接到景德镇市第一人民医院外科主任杜强的电话。杜主任在电话中表示,他和医院领导看了电视新闻后,对徐珍的命运十分同情,院方愿意为她提供力所能及的救助,希望记者通知徐珍,让她来医院,院方可以免费为她做一次必要的检查。杜强主任的电话让肖津和同事们喜出望外,肖津立刻驱车赶往鲇鱼山镇,接到徐珍后直奔市第一人民医院。当天下午,杜强主任看过检查结果后对记者说:徐珍不仅身患先天性心脏病,她的肺功能发育也很不好,这将给她的手术带来很大的难度。像她这样危重的心脏病患者,能活过 10 岁都堪称奇迹。因为景德镇医疗技术和设备条件有限,他将在向院长汇报情况后,拟请上海有关医院的专家来景德镇为徐珍会诊,再决定具体的手术方案。按照常规,这台手术需要 4 万多元费用,除去上海专家方面的费用及其余成本共需 2 万余元,景德镇市第一人民医院的费用可以减免。

杜主任的话让徐珍堆满愁云的脸上掠过了一线希望的曙光。

然而，即使是这 2 万余元，对于她来说，也无疑是一笔巨款啊！带着对杜主任和景德镇市第一人民医院的无比感激，徐珍忧心忡忡地走出了医院。至此，肖津强烈地意识到自己肩头的担子太重，他决定放弃当初做独家新闻的打算，立即拨通了《景德镇广播电视周报》等媒体同人的电话，他要让大家都参与到这场帮助不幸少女对抗死神的爱心接力赛中……

《景德镇广播电视周报》的领导了解详情后，专门安排记者对救治徐珍的进展情况进行跟踪报道，先后刊出《善良男儿邂逅病重少女，瘦弱臂膀呵护风中残烛》等一系列报道，呼吁市民奉献爱心。徐珍命悬一线、陷入绝境的不幸遭遇经当地电视和报纸披露后，牵动着瓷都无数人的心。许多好心人致电新闻媒体对徐珍的病情表示关切，纷纷赶到电视台，几十元、上百元不等地为徐珍捐款。令人感动的是，这些善良的人们捐钱后，连姓名都不肯留下。有个年近六旬的老人骑着一辆破旧的自行车，赶到景德镇广播电视台楼下，将 1000 元钱交给肖津和他的同事，却坚决不让录像。因为他患有多年的哮喘病，家里也很困难，这 1000 元是儿子给他治病的，他是瞒着家人前来捐款的，万一老伴从电视上看到他捐款会责怪他……

不久，栏目组又接到景德镇市招商局调研员、市外来投资企业家协会秘书长汪富民的电话。汪秘书长称："12345"市长热线的工作人员获悉徐珍的危急情况后，非常关心，嘱咐他们为这个苦命孩子的募捐活动牵线搭桥。

事不宜迟，肖津闻讯后，立即和主持人陈艳赶到市招商局，在汪富民秘书长的带领下，奔赴在景德镇投资经商的浙江商会，请求该会为徐珍发起募捐。接到募捐通知后,浙江商会的会员都对徐珍的不幸遭遇寄予了深深的同情,纷纷慷慨解囊,很快凑出2.2万元善款。面对一双双陌生之手捐献的火热爱心,徐珍深深地感动了。这个弱小而又坚强的女孩情不自禁地哭了。可她哪里知道,就在肖津和陈艳不分白天黑夜四处奔走为她筹集善款的时候,肖津因帮不了忙于装修房子的父母而充满愧疚,陈艳也因母亲身患红斑狼疮难以筹集10万余元的医疗费而忧心如焚呢!

前来景德镇市第一人民医院会诊的上海专家为徐珍进行了充分的检查之后,证实她的肺部发育不良,若在景德镇当地治疗,必须先为其进行一次前期手术后才能为其治疗心脏疾病,也就是说要开两次胸。对于身体本就十分羸弱的徐珍来说,这显然是生命难以承受的巨大风险。要想施行一步到位的治疗,还是前往条件发达的上海大医院比较稳妥。而要赴上海治疗,至少需要6万元的费用。徐珍的母亲闻讯,一颗刚被希望之火烤暖的心又降到了冰点:好不容易筹到了3万元的救命钱,又突然出现了3万元的缺口。老天啊,你为什么要如此反复地折磨一个苦水里泡大的弱女子!消息传到汪富民秘书长、肖津和本报记者耳中,他们刚刚放松的心弦又骤然紧绷起来:又要筹集3万元,如何去向那些善良的热心人开口呢?身心憔悴的周勇闻讯,忍痛以2000元的廉价将那间举债1万多元办起来、赖以为生的网吧转让给了别人。浙江商会的会员们再次伸出了温暖之手,又为徐珍捐款3万元。

经过多方面的充分准备,患有严重先天性心脏病的农村少女徐珍在亲友的陪伴下再次踏上了前往上海的列车,瓷都新闻媒体的记者和奉献爱心者纷纷赶到景德镇火车站为她送行。细心的汪富民秘书长考虑到徐珍太虚弱,不能长途颠簸,设法找到了列车长,要求优先为她安排一个舒适一点的软卧。热心的列车长了解情况后,当场做出了妥善安排。经上海长海医院专家的精心治疗,让徐珍一家提心吊胆多年的生命威胁终于被成功解除。至此,一场由众多陌生之手自发组织的爱心接力赛终于战胜了死神。

十余天后,一辆从上海方向开来的列车徐徐停靠在景德镇站。徐珍由母亲陪护着缓步走下列车。踏上家园故土,重获新生的她无比激动!她觉得眼前的一切是多么美好,连空气似乎也分外清新。令她喜出望外的是,当她走下车厢的一瞬,那些曾经给她无私帮助的爱心使者们早已手捧鲜花,静候在晨光熹微的站台上,迎接她的归来。她感动的泪水不禁再一次夺眶而出。越过热忱的人群,她期盼的目光在搜寻着一个瘦小的身影——周勇呢?

事后,记者几经周折,找到周勇才了解到,自从照顾徐珍以来,原本手头拮据的周勇不仅负债累累,而且心力交瘁。现在,在如此多的热心之手的搀扶下,徐珍就要走出生命的泥潭了,他可以放心了。将来她的病好了,应该有一个能够给她一生温暖的家。她自幼命途多艰,吃了太多的苦,再也不堪承受生活的磨难了。而他,身如不系之舟,倘若此时不及早抽身,万一徐珍对自己产生强烈的依赖心理,岂不要让她跟随自己吃一辈子苦头?

"再没有心的沙漠,再没有爱的荒原,死神也望而却步,幸福之花处处开遍……"会当其时,站台上的广播里忽然响起了一阵充满深情的歌声。这对人间真情表达礼赞的歌声,在黎明前的站台上,在秋意渐浓的晨风里,传得很远很远……

一夜乡心处处同

——景德镇"漂流一族"的中秋情结

海上生明月，天涯共此时。流年似水，一年一度的中秋佳节就要到了。作为中华民族的传统节日，中秋节千百年来一直是个令国人魂牵梦萦的日子。随着国人节日生活的多元化，中秋节在一些人心中已失去了以往的魅力。不过，对于那些"独在异乡为异客"的游子来说，这个不同寻常的日子依然会牵动他们"每逢佳节倍思亲"的心弦，在他们依旧缠绕着团圆情结的心湖中激起一阵久久难以平静的涟漪……

邮 寄 孝 心

小陈是记者在去年一次采访中认识的一位朋友，从严格意义上说，小陈还称不上是个异乡人，因为他的故乡就在离市区不到15公里的浮梁县三龙乡（今三龙镇）杨家店村。因为村里人多地少，19岁那年，小陈就只身离开家乡，来到景德镇谋生。身为都市"漂流一族"的数年内，他踩过三轮车，开过摩的，做过太阳能热水器安装工。尽管他谋生的这座城市与他家乡那个小村庄近在咫尺，可外出漂流的数年中他很少回去看望垂垂老矣的父母和那片乡土，因为他觉得目前尚未在外面混出个体面的模样，也因为平时手头的活计确实太忙。为此，父母在电话里没少责怪他："有钱没钱,回家过年。""人家比你走得更远的后生,都急着赶回村里同父母一道过个团团圆圆的中秋节,凭什么见不到你的踪影?"小陈常常被父母的抱怨弄得哭笑不得。日前,记者在街头碰见小陈,问他今年中秋节是否会回家同父母团聚。他面带遗憾地告诉记者:他目前在一家装修公司做搬运工,公司近期业务很忙,看来今年中秋节又回不去了;听说邮政局于中秋前夕推出了一项"买××月饼,享受免费邮寄服务"的新业务,他想去了解一下情况,并准备给父母寄上两盒他们喜欢吃的豆沙月饼,也可尽一份游子的孝心……说罢,小陈骑着自行车汇入了茫茫的人流……

那一份牵挂

独自租住在老鸦滩一间民房的吴东,今年45岁,以替人挑坯为生。吴东的家乡在南昌县,为了供养两个儿子读书,他背井离乡远赴景德镇做工。在他看来,自己识字不多,又无一技之长,身上有的仅是力气。而遍地是陶瓷作坊的景德镇,让他的一身力气有了"用武之地"。刚开始,因为没有经验,他挑着一担坯从东门头到箸箕坞,总会磕磕碰碰损坏几个,宽容的老板从未叫他赔过一分钱,只是偶有怨言。但在他听来,轻骂甚于重打。他想,自己在乡下挑红薯,即便肩头压个两百斤,走起路来也能风风火火,嘴里还能哼个小曲,但挑瓷坯则不同。大半年后,摸熟了坯架的重心和性子的吴东,步子开始快了,劳动量上去了,工资也就多了起来。后来,请吴东挑坯的作坊老板多了起来,他甚至忙不过来了,往家里寄的钱也多了起来。

再说吴东的妻子，三十五六岁的女人，正是"人要衣装"的年龄，为了儿子能在学校吃好一点，她已多年不曾为自己添一件像样的新衣了。对于在外劳碌的老公，她总是放心不下。吴东三五天没个电话回家，她的心便跳得紧、堵得慌。"什么都可以省一点，就是别省电话费。有空要多来电话，免得我们娘儿为你担心！"每次通话快结束时，妻子总是这样反复叮嘱吴东。

"露从今夜白，月是故乡明"，转眼间中秋在望。离开妻儿大半年了，也不知道两个在县城读书的孩子成绩如何，吴东真想回去一趟，可几家作坊主为了赶瓷博会，日夜不停地忙碌着，自己又如何走得开呢？哎，没办法，看来今年的中秋节，一家四口要在三地过了……

"那你不会把妻子接来陪你一道过个中秋节吗？"闲聊中，记者问。

"家里养了上百只鸡，她走不开。"吴东无奈地叹了口气，"今天我专门跑去买了张20元的电话卡，中秋节晚上同她聊个够。"

守 望 圆 月

刚刚参加工作不久的肖琳来自鱼米之乡的鄱阳湖畔，是景德镇市某医院一名儿科护士。谈起中秋节，肖琳的眼圈总是红红的、潮潮的。10年前的中秋节那天，母亲一大早便搭船进城赶集，准备买些肉和月饼回家，让全家人热热闹闹地过个中秋节。然而，天有不测风云，由于小船严重超载，才驶离湖岸几十米远就翻了，不识水性的母亲不幸丧生。对于父亲早年已因心脏病去世的肖琳和当时才6岁的弟弟来说,母亲的溺亡无异于灭顶之灾。母亲下葬那天,姐弟俩几次哭昏在地。对于这对苦命的孩子,不仅乡亲们给予了深切的同情,在生活上为他们提供保障,每月都有人按时送米送油上门,而且学校也免除了他们的一切费用。肖琳十分争气,初中一毕业,便以优异的成绩考取了一所卫校。在她看来,读卫校既可免去无钱读大学的后顾之忧,又可早日参加工作,挣钱供养弟弟。今年16岁的弟弟正读高二,成绩也很优秀。自从姐姐离开家乡进城读卫校后,他便在乡办中学住校了。他不仅学会了洗衣服,每逢节假日还能到学校食堂帮助大师傅烧几个小菜呢,因此颇得老师和同学们的喜爱。但他毕竟是个孩子,想姐姐的时候,他会在电话那头边说边抽泣。最让肖琳心疼的是,去年中秋节那天,为了省几个车钱,弟弟趁着放假,竟然天一亮便离开学校,徒步老半天到卫校去看她。在卫校的操场边看到弟弟的第一眼,肖琳又惊又喜。因为是中秋节,校园里空荡荡的,从来舍不得大手大脚花钱的肖琳,那天中午拉着弟弟的手走进了校门外的一家小餐厅,点了几个弟弟爱吃的菜,还给他要了一瓶他爱喝的雪碧。因为弟弟晚上要赶回学校,午饭后肖琳便把他送上了回乡的汽车。当然,她没有忘记塞给弟弟几块香甜的月饼,还有一个他特爱吃的沙田柚……

　　一年一度秋风劲,从卫校毕业后,肖琳在一次人才交流会上,被景德镇一家医院看中,从此成了一名白衣天使。弟弟还在鄱阳湖畔的乡办中学念书,明年就要参加高考了,因为功课任务越来越重,他不可能有空来与阔别大半年的姐姐见上一面;而肖琳作为科里的技术骨干,常常要值夜班,遇到情况危急的出诊行动,她还要随医生奔赴患者家中,所以也不可能抽得出空回乡去同弟弟过一个团团圆圆的中秋节。

或许,他们心中时刻都有一轮更大更圆的皎月在冉冉升起,并且永不陨落……

"但愿人长久,千里共婵娟。"

寸草春晖情

——孝道风景线

百善孝为先。孝道在中华民族的传统美德中，与对国家之"忠"从来都是相提并论的。在古代，不论你是位高权重、满腹经纶的官吏，还是遐迩闻名的诗书画大家，只要沾上"奸贼"二字，都将为人所不齿。同样，谁要是对父母师长不孝，则无论你的身份多么尊贵，都会被人视为大逆不道而遭到唾弃。相反，对于那些恪守孝道的孝子贤孙，国人素来敬重有加。一个"卧冰求鲤"的故事，人们传诵了千百年。尤其值得一提的是，如今有关部门还把孝顺父母作为干部提拔任用的品德依据之一。争相评选"孝星"，更是不少地方弘扬传统美德的"文明大戏"。

是的，身体发肤，受之父母。如果说"受人滴水之恩，当涌泉相报"，那对于深似海的父母恩情，恐怕我们一生也报偿不尽。然而，寸草春晖两样情，在我们的周围，知恩图报的孝子固然比比皆是，但冷漠忤逆、视父母如草芥的不肖子孙之劣行也时有所闻。

百善孝为先

最近看到一则报道：比尔·盖茨在飞机上接受记者采访，记者问他："世上最不能等待的事情是什么?"比尔·盖茨没有回答记者希望听到的"商机"二字，而是说："天下最不能等待的事情莫过于孝敬父母!"对啊，什么事情都有等待的余地，唯有孝敬父母是最不能等待的事情。也许，我们每天都习以为常地和父母生活在一起，都觉得有大把的时间来孝敬父母。然而父母年事渐高，留在这个世界上眷顾你我的时间渐少，尽孝理当"只争朝夕"。否则一旦二老撒手西去，你会痛感因为尽孝太少，从而留下终生的遗憾。

儿孝娘幸福

在我市某校任教的张老师，老迈的父亲因病重离世，作为儿子的他悲痛万分，痛惜自己失去了老父。老父就在那么平常的一天永远地离开了自己，他后悔自己在老父生前没有来得及好好尽孝心。这时，他意识到对父母要尽的孝心是不能等待的。由此及彼，他感同身受地理解失去老伴的母亲会更加痛苦和孤单。成年孩子一个个离开父母羽翼的庇护，如今孤单的老母亲只能和空落落的大房子做伴。为了不让对父亲的遗憾再发生在母亲的身上，张老师亡羊补牢，不管工作有多忙、多累，下班后都一定会赶去陪母亲吃顿饭聊聊天，尽量不让母亲感到寂寞。有一次，张老师听说老年人多吃鱼有好处，从不买菜的他，马上跑到农贸市场买下十几斤不同品种的鲜鱼送到母亲家。老母亲埋怨说："这么多的鱼我怎么吃得完啊？"张老师劝道："老年人多吃鱼健脑，你就慢慢吃呗。千万不要舍不得，留久了会坏的。"不久，张老师又注意到街上有些老太太穿着时髦，而自己母亲穿的衣服颜色太暗、样式过时。他马上和妻子上街买了几件适合母亲穿的时髦服装，让老人也时尚时尚。面对儿子的孝心，张母逢人便说，老伴走后，她一点也不觉得孤独，她如今是儿子孝顺，晚年幸福。

尽孝不委屈

傅阿姨,某瓷厂的下岗女工。傅阿姨下岗时四十多岁,上有老下有小,工作难找,生活艰难。可偏偏在这个时候,老母亲突然卧床不起,去医院也检查不出什么病来。老人终日躺在床上,大小便失禁,被病痛折磨得很痛苦。听医生说,如果每天长时间地帮病人做全身按摩,就能减轻其病痛。可是,傅阿姨要顾及家庭的生计,实在是分身乏术,无法长时间守候在母亲的身边。但是,她又不忍看到老母亲被疼痛折磨。于是,她咬咬牙从自己微薄的收入里拿出400元,请了一个专门帮母亲按摩的保姆,缓解母亲身体的疼痛,让她每天能感觉好一些。为了多赚一点钱,傅阿姨经人介绍去帮人做钟点工和在包子铺揉面。她每天早出晚归很辛苦地打两份工,累得手脚都不听使唤,下了班还要马上赶回家料理母亲的饮食和清洗床单。也许是傅母被疼痛折磨得失去了理智,女儿如此孝顺,她还经常躺在床上大骂女儿没有良心。这使傅阿姨十分内疚:眼看老母亲病成这样,她只能随便请个人来照顾,自己忙忙碌碌却无法亲自献上孝心……然而,满腹委屈的傅阿姨没有在母亲面前为自己辩解半句,更未吐过怨言。她知道母亲不是有意骂自己的。如果老人骂她几句能舒服一点,那就让她多骂几句吧!傅阿姨知道母亲已不久于人世,她只希望老人能走得舒坦一些。

视孝为福

很长一段时间,经常在昌南大道晨练的人们总能看到,有个年近六旬的老儿子陪着一位年过九旬的老母亲晨练。一路走来,儿子不停地用手帮母亲揉肩搓背。晨练的人看了都非常羡慕那个老太太，说她有这么一个孝顺的儿子真是幸福。那个儿子则说："老娘健健康康地在一天，就是上天赐给我最好的礼物。每天能陪她出来锻炼，我觉得很幸福。我都已经做爷爷了，但我的母亲还健在。世上像我这样幸运的儿子能有几个啊？"听罢他动情的话语，路人的心中无不肃然起敬。

拾荒夫妇的"草根人生"

几年前,记者曾经从报上看到过一则报道:从山东乡村走出的一位姓焦的新华社记者为了感谢父母的养育之恩,凭着自己的职业目光,做生活的有心人,积数年之功,拍摄了数以千计以饱经沧桑的父母辛勤劳作情景为题材的照片。经过精心遴选与提炼,焦记者专门举办了一次以"我的父亲母亲"为主题的个人摄影展,继而出版了一本同名摄影集。一时,这种人皆可为却鲜有人为的感恩孝举强烈地震撼了人们的心。为弘扬焦记者的这种美德,央视对他进行了专访,许多有影响力的报刊都对他进行了报道,并配发了热情洋溢的编者按或短评。焦记者的父母只不过是胶东大地上一对普普通通的父母,焦记者的感恩行为也只不过是一个儿子的本分之举,何以能够在人们的心湖中激起如此强烈的浪花呢?在我们的身边,又有多少那样值得记者为其"剪影"的"父亲母亲"呢?

近日,记者聚焦一对奔波于我市某学校捡矿泉水瓶子的中年夫妇,试图从他们身上捕捉"我的父亲母亲"的人性之光,并从中收获许久不曾体会到的感动……

意 外 收 获

在城区某校读书的学生们对老赵并不陌生,尽管叫不出他的名字,可对他那头因饱经风霜而早生的华发印象都很深刻。老赵其实并不老,才四十开外,家住解放路咋叭弄的他,早年在一家大型瓷厂成型车间捧模子。企业改制后，只会干力气活的老赵一时找不到工作。为了谋生，他拉过煤饼，开过摩的，送过纯净水。因为早年沉重的体力劳动导致腰肌劳损，这些活儿他都未能做满两个月。后来，经朋友介绍，老赵到一家服装店替人看店，月薪280元。这点工资，对于一个还有个孩子在念中学的家庭来说，无异于杯水车薪。为了多赚几个钱，无力再干重活的老赵于晚上守店之余，白天干起了四处拾荒的营生。可随着拾荒队伍的不断壮大，街头巷尾已很难有"荒"可拾了，他的脸上很快就堆满了愁云。今年9月的一个雨天，老赵去学校给儿子送雨伞，从操场边走过时，看见遍地都是学生扔掉的矿泉水瓶子。他觉得挺可惜的，一边惋惜"不当家不知油盐贵"，一边随手将矿泉水瓶子一一捡起，顷刻间便抱了满怀，足有二三十个。抱着这些瓶子，老赵兴冲冲地跑回家。因捡瓶子时顾不上躲雨，他被淋成了落汤鸡。雨一停，他就用塑料袋拎着这些瓶子走进了附近的废品店。1角钱一个，老赵换回了2块8角钱。揣着2块8角钱，他心里说不出的兴奋，因为他觉得自己从此找到了一条财路。这种意外发现的价值就不止2.8元了，在老赵看来，就可能是28元，280元，甚至2800元了。从此，他拽着待岗在家的妻子，每日适时出入儿子所在的学校，开始了校园拾瓶生涯……

学校毕竟是个读书的地方，并非什么人随时都可以进去的。除了每天中午和下午放学后溜进去捡瓶子，上课期间他们一般不敢进去，以免影响师生上课。此后很长一段时间，老赵和妻子一到时间就像上班一样，拎着蛇皮袋到学校捡矿泉水瓶子。一天少则可捡百余个，多则能捡两三百个。也就是说，平均每天可捡到二三十元，一个月下来就是五六百元。比起以前拉煤饼、开摩的，这简直是份上等"工作"了。为了报答孩子们的"馈赠",夫妇俩在捡瓶子的同时,也会主动替学校收拾一些瓜皮果壳之类的垃圾。

竞 争 对 手

和任何营生一样,时间一长,谁都别想"吃独食"。见老赵夫妇捡瓶子有利可图,校园里很快又来了一个竞争对手。对方是个年约五旬的乡下妇人,据说几个儿子都在笆箕坞的私人陶瓷作坊里打工,她是专门从乡下进城来给儿子们洗衣做饭的。洗衣做饭之余,在乡下勤快惯了的妇人闲不住,时常上街去捡点矿泉水瓶子带回家,积少成多,再拿到废品店去卖,顺便从菜市场捎回一斤肉和两把白菜。但由于街上拾荒者太多,妇人有时在外面转上半天,也捡不到两个瓶子。正懊恼间,她发现了常常满载而归的老赵夫妇"行情"不错,于是悄悄跟踪了半天,终于找到了他们发财的"宝山"。妇人的出现,无疑给老赵夫妇增添了个竞争对手。一个学校矿泉水瓶子的"资源"本来就有限得很,老赵夫妇俩的收获迅即锐减。对此,老赵也无可奈何,因为他没有任何理由将妇人赶走。尽管收获锐减,但两家还是相安无事地"同事"了一段时间。然而"好景"不长,一场因一个矿泉水瓶子引起的"战争"很快爆发了。

那是一个阴雨的黄昏,可能因为天气渐凉,带矿泉水喝的学生比平时少了许多,这使得原本收获就少的老赵夫妇"雪上加霜"。放学铃响过后,待同学们走得差不多了,老赵和妻子又开始"工作"。当老赵妻子转到教学楼东头的墙角时,发现地上有个装着半瓶矿泉水的瓶子,她立马饿虎扑食般大步冲了过去。可是,几乎与此同时,另一只粗糙的手也抓住了那个瓶子。老赵妻子定睛一看,正是那个新来不久的"同事"。妇人原本就认为自己平日里"一对二"吃了亏,此刻岂可轻易放弃眼前这到手的"肥肉"。老赵妻子也不让步,于是二人各拽着瓶子的一头,拔河似的僵持着。老赵见状,生怕妻子吃了亏,赶忙上前。谁知那妇人以为他是来帮老婆打架的,就狠狠踹了赵妻一脚,随即仰身躺倒在地,呼天抢地地哭喊起来。几分钟后,保卫科工作人员闻讯而至。处理的结果很简单:大家都别闹,倘若影响了校园正常秩序,他们都要被扫地出门!

在眼下的一个瓶子和日后的千百个瓶子之间,老赵夫妇和那妇人都选择了后者,一场"战火"尚未燃起便悄然熄灭了。翌日,老赵便让妻子到别的学校去"发展业务",自己仍"留守"在老地方。"两个大活人守着一棵歉收的果树饿死,不划算!"他说。

父 子 之 间

前文说过,老赵的儿子就在这所学校读书。开始一段时间,为了照顾儿子的面子,老赵是瞒着儿子到校园"觅活"的。尤其是儿子念书的那间教室,老赵更是视若"禁区",就是矿泉水瓶子堆积成山,也不敢越"雷池"一步,唯恐被儿子的同班同学撞见,让儿子脸上无光。可世上没有不透风的墙,何况老赵夫妇是"光天化日"在校园"觅活"。一天中午,儿子回家吃午饭,人还未进屋,就开始抱怨:"你们捡破烂捡到我学校里去了! 你们知道同学是怎样讥笑我的吗? 好几个人都骂我是'破烂王'的儿子! 有的人还像打发叫花子一般朝我书包里塞空瓶子!"听了儿子的哭诉,老赵没有责怪他,而是语重心长地说:"爸爸捡瓶子又不是做贼,有什么见不得人的呢? 人家的爸妈当官发财是人家的本事,我和你妈就这能耐,除了帮人守店就只能捡捡瓶子。再说,我们不捡瓶子,拿什么给你买这买那?"一席话,说得儿子哑口无言。

儿子虽然不再反对老赵到自己学校捡瓶子了，但只要在校园内碰到爸爸，总是如芒在背，迅即大步离去，或老远兜个圈子避开。在他看来，别人的爸爸或西装革履，或红光满面，出入学校总是风风火火，唯独自己的爸爸衣衫褴褛地拎着蛇皮袋在校园里捡瓶子，实在让他脸上无光，让他在同学面前矮人家一截。对于儿子的这般虚荣，老赵也只能独自苦笑。究竟是该怪自己无能，让儿子没脸面，还是该怪自己家教失当，没有树立起儿子正确的荣辱观呢？他说不清楚。

正当老赵为此苦恼的时候，事情居然出现了令他意想不到的局面。那天傍晚，老赵照例待放学铃一响就拎着蛇皮袋进了校园，照例远远地绕开了儿子的教室。正当他在操场一角弯着腰捡矿泉水瓶子之时，突然从四面八方围上来一群学生，其中还有自己的儿子。孩子们不待他开口说话，纷纷朝他的蛇皮袋中塞瓶子，然后又嬉笑着像一群欢快的麻雀一个个跑开了。面对这突如其来的一幕，老赵拎着一袋沉甸甸的瓶子，望着孩子们远去的背影，恍若梦中，许久回不过神来……

当晚，儿子一边在灯下做作业一边告诉老赵：班主任王老师了解情况后，批评了他的虚荣，还让大家以此为素材写一篇作文，并倡导大家以后不仅不能随地乱扔瓶子，还应主动把瓶子交给他的爸爸……

老赵闻言，良久无语，干涩的眼眶湿润了……

大师的"草根情结"

　　2006 年 10 月 7 日上午,市十二小大院内热闹非凡。德高望重的中国工艺美术大师王锡良先生不顾年事已高,应向阳岭社区之邀,和徐焕文、吴胜华、范敏祺、许国胜等知名陶艺家一道来到该社区的陶瓷艺人中间,为他们释疑解惑。陶瓷艺人们闻讯,纷纷奔走相告,一个个带着自己的陶艺作品赶到现场,向大师取经。每走近一位陶瓷艺人,王锡良先生都坐下来亲切地与之交谈,传授自己的艺术心得。看罢青年艺人徐文平以牡丹为题材的陶艺作品,王锡良先生和蔼地说:"你的功底非常不错,如果仅想凭这个手艺吃饭,应该已经没有问题。但要想在艺术上有所突破,则仍需继续下点功夫。"接着,他勉励徐文平要拜大自然为师,要注意观察事物的生长变化,要多临摹名家的写生作品。面对大师平易近人的笑容和推心置腹的言谈,在场所有陶瓷艺人无不深受感动。已从事陶艺创作多年的吴露红激动地说:"我开始认为王锡良大师能拨冗亲临现场露一会儿面就不错了,没想到他会如此细心地看我们的作品,并且认真而平等地同我们交谈。"的确,吴露红的话代表了在场所有陶瓷艺人的心声。

　　得知上述消息,笔者被王锡良先生的大师风范深深地感动了,心底不禁升起一片由衷的敬意。王锡良先生是德高望重的中国工艺美术大师,他年事已高,社会活动也十分繁忙,闭门创作的时间何其宝贵是可想而知的。然而,面对一群来自社区的青年艺人充满期待的目光,他既没有敷衍了事走过场,也没有居高临下拒人于千里之外,而是以一个普通陶艺工作者的身份坐在青年艺人们中间,始终带着一脸慈祥的笑容和他们平等交流,既肯定他们的成绩,又如实地指出他们的不足,最后还为他们指出取长补短、完善自己的方向。这样一种春风风人、夏雨雨人的可贵风范,不禁让人联想起著名诗人臧克家先生的两行诗句:"他活着为了多数人更好地活的人/群众把他抬举得很高,很高……"

高山仰止,景行行止。德艺双馨的王锡良大师,就是这样值得人们永远记住的人。

时下,重振瓷都雄风、创建特色瓷都的号角已经吹响。要大力弘扬陶瓷文化、重写辉煌一页,一方面,光靠几个大师、一干名家显然不够,还得齐万众之心、汇万众之智;另一方面,要充分利用大师名家这笔无形的资产和宝贵的财富,发挥他们"火车头"的作用。倘若每一位大师、名家都能像王锡良先生这样以平易近人的作风深入社区与民间作坊进行无私的传帮带,重振瓷都雄风也就指日可待了。

从这种率先垂范、情系"草根"的意义上说,我要由衷地向王锡良先生致敬!

磨 穿 铁 砚

宝剑锋从磨砺出,梅花香自苦寒来。古今艺坛巨匠能够从庸常之众中脱颖而出,凭的莫不是逐鹿者不见山的专注和坐破寒毡、磨穿铁砚的意志。

著名画家齐白石画艺精湛,硕果累累,却终生勤学苦练,笔耕不辍。一天,85岁高龄的他一连画了四张条幅,直到吃午饭时还不停笔,仍要再画一张。画毕,他在画上题下这样一行文字:"昨日大风雨,心绪不宁,不曾作画,今朝制此补充之,不教一日闲过也。"齐老从15岁起学木工并开始学画,直到去世,80多年挥毫作画,从不间断,无论是滴水成冰的三九寒天,还是骄阳似火的炽热炎夏。有人做过这样一个统计,齐白石一生作画4万多幅,作诗千首,治印3000多方。1953年,他已90多岁了,一年内还作画600多幅。

无独有偶,从江西新余走出去的国画大师傅抱石先生也是一位格外勤勉的艺术家。傅抱石早年就患有偏头痛、高血压等多种疾病,但他在40多年的绘画生涯中从未被病魔击倒过。无论在何种情况下,如果一天没有作画,他到晚上便要说:"今天吃了一天白食,还没有还掉饭钱呢!"然后,他会坚持夜以继日地弥补"还债",把白天耽误的"作业"补上。

业精于勤而荒于嬉。在景德镇陶瓷美术史上,像齐白石和傅抱石那样不教一日闲过、不吃一日"白饭"的艺术家大有人在。其中,以"毕老虎"之美誉蜚声中外瓷苑的著名陶瓷美术家毕渊明先生,生前便是一位"吃得苦中苦"的人。毕渊明早年家境贫寒,跟随其父毕伯涛学习绘瓷。为了提高自己的技艺,他蛰居小阁楼,博采众长,潜心苦练,长年累月难得睡个囫囵觉,以致家里人给他晒铺盖时,竟从破旧的被子里抖出一窝老鼠崽。由于长期呕心沥血,他40岁时就白了头。天道酬勤,毕渊明的瓷艺作品不仅备受国内乃至东南亚藏家的喜爱,还曾被美国总统尼克松收藏。然而,即便在凌云健笔意纵横的晚年,他仍不曾松懈半日,依旧作画习字,苦学不止,直到去世前数日。毕老去世后,我国新闻界的老前辈、毕老的故交、《解放日报》原副总编辑陈迟先生曾在《文汇报》副刊《笔会》发表题为《送毕老虎归山》的长篇悼文,如泣如诉地追述他和毕渊明长达半个多世纪的友谊。享此哀荣,可见毕老影响之巨。

"板凳要坐十年冷,文章不写一句空",这是铭刻于许多勤勉文人座右的金石之言。同样,一个陶艺家要想在瓷苑有一番作为,志存高远的信念固然必不可少,但焚膏继晷、废寝忘食、坐破寒毡、磨穿铁砚勤学苦练的毅力、意志和韧劲尤为重要。因为,倘若你只会躺在幻想的云端里做梦,缺乏朝着理想的地平线脚踏实地日夜疾奔冲刺的努力,或者只会一门心思算计着如何找到一条不必经历蝌蚪岁月便能由一粒幼卵变成一只青蛙的捷径,终将落个泡影破灭的结局。

单士元不做"黑嘴"

有"中国故宫学第一大家"之誉的文物鉴赏大师单士元先生，从 1924 年参加由清皇宫旧址建立故宫博物院的工作起，毕其一生在故宫从事文物保护工作 74 年。在这漫长的 74 年中，单士元先生目之所睹、手之所触、心之所念、梦之所思莫不是文物。但其一生都安贫乐道、一尘不染，恪守着自定的"四不"原则：不有偿鉴赏文物、不收藏文物、不买卖文物、不用货币价值定文物之真伪。单先生认为，在对一件器物的欣赏把玩过程中，总会有所鉴定，但鉴定者不能一味热衷于以货币价值来衡量一件器物的价值，而应着重研究和鉴定这件器物体现出来的相关文化史等价值。单先生恪守着"四不"原则，时时处处避免着瓜田李下的嫌疑。

单先生以"四不"自律，绝非故作姿态的作秀。自 20 世纪 80 年代中期以来，文物拍卖鉴定一路走俏升温，一些文物工作者也不可避免地参与其中。有一次，一个国际大拍卖公司给德高望重的单士元先生寄来一份热情洋溢的请柬，意欲请他为他们拍卖的器物站出来"说说话"，当然附加的"好处"也少不了。接到这对于某些人来说或许是个发财良机的邀请，单先生却不为所动。他毫不客气地把请柬退回给那家拍卖公司，并在上面写了这么一句旗帜鲜明的话："我是一个老文物工作者，不参与任何拍卖活动。"身边的工作人员得知后，无不从心底里对单先生"守身如玉"的高风亮节生起无限的敬意。

单士元先生的可敬之处不仅表现在能够严于律己，还表现在对儿子要求甚苛。其次子毕业之初，曾想让父亲托关系将他安排在文物单位工作。当时单先生也在领导岗位上，"近水楼台先得月"地给儿子安排个工作在某些人看来不过是举手之劳。然而，单先生还是毫不留情地拒绝了儿子的要求。在他看来，利用自己职务之便为儿子安排工作，绝非一个领导干部所为。后来，儿子通过自己的努力进入西北某大学教书，最终还是没能从事原本喜爱的文物工作。

高山仰止，景行行止。单先生壁立千仞的高贵品格让我不禁想起了鉴赏界那些利欲熏心、为了谋私而无所不用其极的人。2005年5月，在某节目中，还曾出现过一幅托名"吴作人"的《牧牛图》，竟被一位"专家"现场鉴定为真迹，估价25万元。后来，吴作人的妻子、著名书画家萧淑芳及其女婿商玉生经仔细鉴别，均认为该画是伪作。无独有偶，在另一鉴宝类节目中，"专家团"又将一幅署名"郑板桥"的高级仿品竹子画鉴定为真品，并给出了500万元的估价，差点让盲目藏"宝"者倾家荡产，幸亏赝品的真相被识者及时披露。面对一尘不染、两袖清风的单士元先生这面明镜，那些昧着良心说假话，为了几个银子甘愿充当"黑嘴"，甚至为一己之私故意指石为玉的"鉴宝专家"不该羞愧得无地自容吗？

在日益热闹的收藏界，蜚声中外的陶瓷名作成为炙手可热的藏品，因而也成为"李鬼"们疯狂仿冒的"重点目标"，既让深受其害的陶艺家叫苦不迭，又让玉石难辨的藏家损失惨重。倘若能有一批像单士元先生这样不当"黑嘴"、只说真话的鉴宝专家站到藏界的前台，再奸诈的"李鬼"也只能逃之夭夭了。

极　地　之　急

　　6月5日是世界环境日。2007年世界环境日的主题是"冰川消融,后果堪忧"。有感于此,雕塑家袁熙坤创作了一件雕塑作品《极地之急》:作品的下方为逐年变暖的地球,中间为正在融化的冰山,上方为两只相依为命的北极熊——面对脚下岌岌可危的冰层,熊妈妈表现出满脸的忧虑,躲在一旁的熊宝宝则向人们探出一张恐惧的面孔。作品以直观而简约的手法生动传神地刻画出在大自然的灾难面前,动物束手无策的绝望与悲哀,仿佛在向人类敲响着这样的警钟:救救冰川,救救北极熊,救救人类的明天!

　　透过《极地之急》,我由此及彼地想起了景德镇陶瓷学院教授、著名陶艺家任瑞华的作品《斗士》:一头从角斗场的硝烟中走来的老牛,遍体鳞伤,皮开肉绽,痛苦呻吟,混浊的眸子里蓄满了对惨烈角斗的哀怨。这充满血腥的形象,是对残酷战争的控诉及对和平安定的祈祷。

　　有所作为是人生的最高境界。一个艺术家,如何才叫有所作为? 如何才能有所作为? 这是一个宽泛的话题。但是,有一点是可以肯定的:艺术家要对时代和社会有所担当。倘若你对自己所处的时代和社会冷若冰霜、不闻不问、毫无担当,恐怕很难栽培出参天大树。你自我陶醉的小花小草,即便能博得一时的掌声,迟早会被时光的潮水吞没。徐悲鸿是画马圣手,但其售价最贵的画作还是流落海外多年、一直被人珍藏的抗战题材作品《放下你的鞭子》。

　　陶瓷工艺美术是中华民族传统文化之树上开出的一朵奇葩。

长期以来,不少陶艺家沿着前人的足迹亦步亦趋、循规蹈矩,就知画那么几只鸟、几朵花、几个美女、几尊菩萨,时间一长,天才被庸才同化了,脱俗者被随俗者异化了。如何走出千人一面的圈子?作为工艺美术的陶艺作品能否有大的负载?《极地之急》和《斗士》的独特魅力,或许对迷惘中的陶艺家能有所启迪。否则,这个箕斗满天的世界瓷都就是出再多的教授、大师,也只是徒有虚名罢了。从呼唤划时代的厚重之作的角度来说,淡化小我,胸怀大我,这也是人类文化生态的"极地之急"。

人品才是最大的"作品"

2005 年 8 月 24 日,笔者从市总工会获悉一则令人感动的消息:是日上午,瓷都 12 位知名陶瓷艺术家与 12 名贫困大学生坐在一起,"认亲"结对。按照与市总工会签订的承诺书,每位大师名家自愿捐资 2 万元,供结对的大学生读完 4 年大学。参加结对的大师级陶艺家都蜚声瓷苑,像周国桢、刘远长、王怀俊、余仰贤等。据有关人员介绍,对于此次结对"认亲",大师名家们都十分积极慷慨,其中余仰贤和冯杰都是闻讯后主动要求捐助的,而冯杰更是从南昌赶过来奉献爱心。

不久,瓷苑又接二连三地传来佳音:省政协委员、市高专副教授、青年陶艺家王安维被评为国务院特殊津贴专家后,不声不响地把 5000 元津贴捐给了瓷都希望工程,因为他认为有许多处境艰难的学子比他更需要这笔钱。今年 1 月 18 日,江西省工艺美术大师王采又于浮梁县峙滩乡(今峙滩镇)龙潭小学新教学大楼竣工之际,为该校捐赠 4000 元现金,用以置办教学用品。此前不久,王采到龙潭村写生,发现该村原校舍十分破旧,正在建设的新教学楼的配套设施则因资金短缺而难以跟上。王采向该校领导了解详情后,当场表达了捐资助学的愿望。教学楼竣工之际,王采特地前来"还愿",受到该校师生的赞誉。为学校捐资后,王采还了解到,该校有位姓章的四年级学生,因父亲残疾、母亲丧失劳动能力,全家生活陷入困境。为解其于困厄,王采又拿出一笔钱资助该生,并与其"结对子",承诺负担其每个学期的学费。

美哉,陶艺家们的仁义善举!每次听说这类消息,笔者感动之余,心头都会油然生出一片由衷的敬意。救困济贫、助人为乐是中华民族的传统美德。在中国美术史上,书画家为救人于水火,解人于倒悬而义卖或捐赠作品的佳话并不鲜闻。在大力倡导共建和谐社会的今天,瓷都的陶艺大师们率先垂范,走在前列,堪称陶人楷模。他们捐出的钱也许并不算多,但其乐善好施的爱心义举不可用金钱来衡量。送人玫瑰,手有余香,何况他们为别人送去的是严冬中急需的炭火。

有人将艺术家分为四等:艺高德馨者为一流;虽艺不高但德馨者次之;虽艺高但德不馨者又次之;既艺不高又德不馨者为最次。从这一层面上说,人品才是艺术家最大的"作品"。

异"我"者昌

有一些关于书画家的故事,很能说明艺术个性对于一个书画家之艺术生命的重要。

清朝画坛"扬州八怪"之一的郑板桥诗、书、画俱佳,被时人誉为"三绝"。水有源,树有根。郑板桥这棵书画苑中的参天大树,当然也是在扎根于传统的沃土、不断吸取前人智慧养料的基础上茁壮成长起来的。对于成绩斐然、影响巨大的前辈书画家,郑板桥也崇拜得五体投地,以至于刻图章自称为"青藤门下走狗"(按:明代画家徐渭,号青藤老人,今浙江绍兴有其故居"青藤书屋"对游人开放。20世纪90年代初,笔者曾到此一游)。然而,崇拜归崇拜,郑板桥从事绘画创作时却绝不亦步亦趋地踩着前人的脚印走路,而是在继承的基础上大胆创新。他曾根据"书画同源"之原理,将兰、竹之绘画意蕴与气势融入书法作品,从而在书法上自创一体,被后人称为"板桥体"。

关于"板桥体"的创造,据说有这样一个故事:郑板桥立下"熔铸古今"之大愿后,焚膏继晷,日夜苦练,甚至每晚上床睡觉时仍用手指画被练字不止。有一次,因沉迷太深,他的手指竟画到了妻子身上。妻子愠怒道:"人有人一体,你体还你体,你这是干吗?"郑板桥听了顿悟,觉得一味地临摹百家不如自创一体,于是创造出前无古人的"板桥体"书艺。(另有一说,这个典故出自晋代大书法家王羲之。)

画坛先贤云:"似我者死,异我者昌。"印证这一金玉良言者不仅有中国古代的郑板桥,还有现代西方许多大画家。法国画家维克多的父亲是位外交家,与大画家毕加索是好友。维克多从小就对绘画怀有浓厚的兴趣。14岁那年,父亲带他去见毕加索,想让这位大画家收儿子为徒。始料未及的是,毕加索看了维克多带去的画作后,当场便拒绝了他父亲的要求。

"你想让儿子做一个与众不同的画家,还是做'毕加索第二'?"毕加索问。

"我想让他成长为一个像您这样与众不同的大画家!"维克多的父亲回答。

"那好,你现在就把他领回去!"毕加索意味深长地说。

40年后,维克多的画第一次进入苏富比拍卖行,其中一幅作品拍到160万英镑。尽管价格只有毕加索的几十分之一,但他仍十分欣喜。有一次,一位记者采访维克多,问他"横空出世"的经历,他充满感慨地说:"毕加索不愧为真正的大艺术家,他知道收徒就是抹杀那个人的绘画天性。我真庆幸他当年拒绝了我父亲的请求!"

从郑板桥到维克多,任何一位绘画大家的成长历程都印证了这一至理。然而,纵观我们的瓷苑,陈陈相因、争相复制的现象却比比皆是。活跃于瓷苑的陶艺大师刘远长做出个畅销的《哈哈罗汉》,市场上很快便如雨后春笋般冒出千百个与之如出一辙的"哈哈罗汉";另一大师张松茂画出一件颇受青睐的《春江花月夜》瓷画,市场上便很快冒出一批"春江花月夜"。"李鬼"们如此明火执仗地"克隆"别人,黑钱或许可以赚到一点,却终究成不了"刘远长"和"张松茂"。

牛眼与牛尾

　　戴嵩是唐代画坛上一位泰斗级的大画家,尤擅画牛,堪称画牛圣手。他的画作成为后世画家临摹的"保留节目"。北宋大书画家米芾擅仿古,他临摹的古画几可乱真。但是,这位心灵手巧的大画家仿古临摹之技再高,也有马失前蹄的时候。一日,有位画商向他出售戴嵩的一幅《牧牛图》。把玩着这幅堪称稀世珍宝的《牧牛图》,米芾爱不释手。他志在必得,却又舍不得破费巨资。如何才能不费分文地将宝贝弄到手呢?米芾想出了一个馊主意,谎称为慎重起见,请画商将画留下几天,让他从从容容地仔细鉴别一下画的真伪,毕竟画价不菲。画商见米芾言之有理,便答应了他。画商走后,米芾迅速仿画了一张几可乱真的临摹作品。几天后,自以为天衣无缝的他以"囊中羞涩"为由将仿画冒充真画还给画商。然而令米芾始料未及的是,那画商只扫了一眼,便怒斥他用赝品偷换他的真品。米芾尴尬不已,只得满脸羞愧地把真品还给了画商,并问他为何能有如此神奇的眼力。画商一语道破天机:戴嵩的《牧牛图》原作有个独到之处,那就是画上的牛眼中隐约有个牧童晃动的身影。米芾造假心切,一时忽略了这一细微的传神之笔,因此露了马脚。听罢画商这番话,米芾对他的鉴赏能力佩服得五体投地。

　　无独有偶,还有一则与此异曲同工的画苑逸闻:宋代名士马知节酷爱收藏名人字画,藏有戴嵩的名作《斗牛图》,亦视若珍宝。由于保存不善,这幅画受了潮。马知节十分心痛,便将画挂在门前的竹竿上晾晒。是日午后,有个放牛的村夫从马家门前路过。见了晾在竹竿上的《斗牛图》，村夫不禁驻足良久，窃笑不已。马知节见状，不解其意，便上前问道："你这村夫为何窃笑？难道你也懂得赏画？"村夫答道："我是个乡野粗人，对赏画一窍不通，只是看到这画上的牛尾巴发笑！"马知节听罢，如丈二和尚摸不着头脑，便进一步问："这牛尾巴有何可笑的？"村夫答："我今年56岁，放了近50年的牛，对牛的习性了如指掌。牛在斗架之时，总是把尾巴夹在两条后腿之间，力气再大的人也别想把它拽出来。而此画中的牛在斗架之时却把尾巴举得高高的，叫人看了怎能不发笑呢？"马知节听了这番话，既对村夫细致的观察能力心悦诚服，又在心底生出一份遗憾和失落：自己珍藏至今、视若珍宝的这幅名画，原来存在一处明显的硬伤，这究竟是戴嵩的败笔，还是后人假托其名留下的伪作呢？

细节决定成败。细节的真实是艺术作品的生命，而细节的真实来自生活的真实。一个艺术家，如果脱离生活，把自己关在屋子里闭门造车，就必定会闹出这样或那样的笑话。在当下的陶艺作品中，由于作者脱离生活、闭门造车而造成的细节失真现象亦不鲜见。笔者就曾从一本精美的画册中看到这样一幅作品：画面上画的明明是冉冉升起的旭日，画名却是"夕阳箫鼓"，这与"牛尾巴"的笑话又有何异呢？

要掌握真实的细节，就必须深入生活，到实践中去观察、摸索、体验和积累。这样，才不会闹出"牛尾巴"的故事和错把朝阳作夕阳的笑话。

自己的星座

在香港苏富比 2007 年春季拍卖会上，清乾隆御制翡翠和田玉扳指七件连御制诗剔红紫檀三鱼朵梅海水纹盖盒与清乾隆御制紫檀嵌"延年"龙凤纹古玉璧御题诗的插屏，分别以 4736 万和 3448 万港元成交。与宫殿工艺精品大受追捧的热闹火爆形成鲜明对比的是，中国书画作品在此次拍卖会上却一片落寞。在专题拍卖的 246 件中国书画作品中，估价过百万的只有 9 件，估价在 5 万至 10 万元的有 56 件，估价在 5 万元以下的有 47 件，高价位作品可谓凤毛麟角，低价位作品却超过 4 成。世界知名的苏富比春拍尚且如此，中国书画拍卖市场状况怎能不让人心生"春寒料峭"的萧条感。

当然，在"万花凋谢一时稀"的季节，也有能够"傲霜斗雪"的"花魁"，这就是逆势而上的林风眠的作品。各方卖家为此次苏富比春拍提交的 16 件林风眠作品，无论是风景、静物还是人物，只有 2 件在估价区域成交，其余 14 件均高于估价上限，有 4 件更是原估价上限的 2 倍以上。虽然这 16 件作品大多并非林风眠的精品，但比较其历史成交记录，却有不小的提升。

正当其他书画作品在拍卖会上一蹶不振的时候，林风眠何以能够独领风骚？业内行家对此做出了精辟而中肯的分析：从审美的角度看，之前林风眠因为艺术观念的独异而不为大多数人理解；随着审美取向的多元化发展，其标新立异的创作个性逐渐被画界和藏界认可乃至服膺。从创作的角度看，林风眠不同于某些仅以"技巧"取胜的艺术家，他对生活与艺术的领悟都是诗意的；这种诗意像血液一样溶入其作品中，是那些缺乏诗意涵养的浅薄者难以模仿的。此外，其中国画之灵性和西画之厚重兼具的"三尺之冰"的精深境界，也是那些鹅行鸭步者难以抵达的。正因为林风眠作品个性风格上所具有的这些高度与难度，成就了其市场风险系数较小的优势，他的作品在深受赝品困扰的拍卖会上能够逆势而上，也就不足为奇了。

一个只会踏着前人的脚印邯郸学步的画家，是永远走不出一条通往画苑"独秀峰"之路的，当代著名国画家石鲁的求索历程也是一个典型的例子。石鲁原名冯亚珩，抗战时期到达延安后，因为崇拜清初绘画大师石涛和现代文豪鲁迅而改名为石鲁。石鲁原本十分推崇西洋画法，但自从到印度和埃及等地旅行写生后，他的艺术主张发生了很大的改变。他认为，一个中国画家，只有以己之长搏人之短，继承和创新中华民族自己独特的绘画艺术，才能在世界艺术之林占得一席之地。明确了这样一种"战略方针"之后，他迅即改弦易辙，知难而进，在博大精深的中国画苑求索行吟，终于以气势磅礴的《转战陕北》奠定了自己在中国美术界的地位。石鲁的创新之处在于：在强调中国画诗画结合之意境的基础上，把西洋画的构图、透视、明暗等技法糅进传统的画国技法之中，从而既为表现黄土高原的技法积累了宝贵经验，也为如何把山水画与人物画结合起来表现重大历史题材立下了筚路蓝缕之功，从而形成了自己的星座。

作为一种历史悠久的工艺美术，陶瓷艺术园地之所以能够姹紫嫣红,无论在作品器型、工艺技术还是装饰手法上,都走过了一条创新求变的漫长道路。要想在这样一片人才辈出、箕斗满天的艺术领域有所作为,倘若缺乏创新意识与求变能力,是难以形成自己的星座的。林风眠的逆势而上和石鲁的改弦易辙或许能给我们一些启迪。

"内功"与"外功"

在群星闪烁的画坛书苑,以建树卓越而闻名于世的大师巨匠不胜枚举。其中,凭着顽强毅力,克服病残障碍,通过勤学苦练而深受世人景仰者也大有人在。这些自强不息、志存高远的大师留给人类的宝贵财富不仅是弥足珍贵的艺术作品,更有其百折不挠的奋斗精神。

北宋大画家李公麟乃画坛的一代宗师,在白描技法上独树一帜,他画的马至今仍是学画者临摹的范本。这位硕果累累的画坛巨擘,晚年右手却不幸患有严重的风湿性关节炎,痛得常常难以握笔绘画。仿佛天才的作曲家失去了一只耳朵的听力一般,"独臂老人"李公麟异常痛苦。然而,天行健,君子以自强不息,李公麟并未就此辍笔,而是克服重重困难,以惊人的毅力用左手练习绘画,日复一日,从不间断。一次,李公麟病得难以起床,仍不肯教一日虚度,坚持用左手在被子上比画着习画。久而久之,他的左手画渐渐也颇有造诣。

无独有偶,我国现代杰出的国画大师黄宾虹在 89 岁高龄之时,因患白内障而视力衰退,读书写字都得借助放大镜,作画则只能隐约看见。翌年,黄宾虹眼疾加重,几近失明。中国画是以线条和色彩表现的艺术,一个画家双眼连各种颜色都难以分辨,作画是多么困难!但黄宾虹凭着惊人的毅力天天在纸上摸索挥毫,笔耕不辍,在艰难困境中绘出的作品浓墨重彩,神韵奇妙,被画坛传为佳话。

李公麟和黄宾虹这一古一今两位画坛宗师身残志坚、不甘消沉、勤奋笔耕并且成绩斐然的故事,令人感佩的同时启迪良多。他们的人生丰碑上铭刻着同一句话:成功源自1%的天赋和99%的汗水。纵观当下"大师"如云的瓷苑,笔者也颇有感慨:通过顽强拼搏登上陶艺高峰者固然不少,但的确有那么一些头重脚轻根底浅的"墙上芦苇",他们虽有小溪变大海的雄心,却无从幼苗逐步长成大树的耐心和膂力,梦想一夜成名而"登峰造极",为此不惜挖空心思、绞尽脑汁,变着花样炒作自己。这种浮躁之举有时的确也能制造出一些色彩缤纷的肥皂泡,但经时间的风一吹,再绚丽的肥皂泡也鲜有不破灭者。李公麟和黄宾虹两位绘画大师苦修"内功"、看淡"外功"的成功之道无疑都是可正"衣冠"的明镜。

昌 南 之 光

瑶 里 赏 韵

引 子

苍山如黛,山腰上飘绕的是轻纱一样的流岚;小河如练,河谷里淌着的是玻璃般透明的清流;两岸老屋,鳞次栉比,青砖砌墙,青石铺地,这老屋便氤氲着幽幽的古意了。屋前的河岸上,杨柳婀娜多姿,古樟绿荫如盖。偶尔从屋后峡谷里吹来一阵山风,凉凉的,湿湿的,似乎还夹杂着野金银花浓浓的清香。于是,古樟下悠闲对弈的老翁醉了,屋檐下握着蒲扇打盹儿的老婆婆醉了,凳子上埋头哺乳的少妇醉了,石板上挥杵捣衣的村妇醉了。一起醉了的还有那光着身子在清波里戏水的孩子、水面上偶尔掠过的长嘴水鸟、款款飞来的紫色蜻蜓,以及河滩上随风摇曳的无名小花……

这儿不是陶渊明梦里芳草鲜美、落英缤纷的桃花源,也不是沈从文笔下纤尘不染、唯美恬静的边城,这儿是瓷都景德镇东北60千米之外赣皖边界大山深处的古镇,它有一个典雅而极美的名字——瑶里。那条穿镇而过的小河叫瑶河。

瑶 河 鱼 韵

这静静流淌着的是水吗?分明是从河面上滑过的透明玻璃。

流淌着的"玻璃"下面,是棱角分明的瓷片、洁净光滑的鹅卵石、丰美鲜嫩的水草,还有快活地穿行于水草和瓷片间的鱼群……

瑶河的鱼,大概是世间最幸福的鱼了:大的长可盈尺,幼者不足半寸,红的、白的、浅绿的、深灰的,三三两两,成群结队,似一朵朵迎风摇曳的鲜花,又像是一个个款款走秀的模特。这里没有诱饵的阴谋,没有渔网的恐怖,有的是河谷里平和的水,以及河岸上和平的人。在平和的水里与和平的人前,鱼儿呢喃低语,悠闲漫步,或以其独特的行为艺术照着波纹描线,依着倒影画桥。也许,水里的青砖黑瓦、飞檐翘角、修竹高树、落叶流红乃至挑水汉子弓起的脊梁、浣衣少妇隆起的胸脯都是它们临摹的作品吧。

瑶河之所以水绿鱼欢,不能不提一提小镇上的禁渔协会。这是一个类似志愿者协会的民间组织,除制定了对偷渔者严厉的处罚规定外,日夜都有人在河畔巡视。某日,一位大嫂到河里挑水,无意间将两尾指甲般大小的鱼苗舀进了水桶,恰好被旁边一个男孩看见。男孩立马予以制止,并在目睹她将两尾鱼苗放生后,才嚼着高粱饴雀跃而去……

老 屋 旧 韵

古老的瑶河穿镇而过,两岸的老屋大多建于明清时期。因为紧邻皖南,粉墙黛瓦、飞檐翘角的徽派民居随处可见。

顺着光洁的石板路,绕过河畔人家门前晒满红椒的簸箕,转眼便可见闻名遐迩的程氏祠堂。

谁说山里人缺乏审美情趣,这大门与牌坊结合的创意,便颇见建筑大师才有的匠心;而牌坊上方刻的"惇睦"二字,则昭示出瑶里人诚信克己、与人为善的人生信条。

程氏祠堂是明代建筑，前厅本称"万年台"，是个唱戏的戏台。农闲时节，辛辛苦苦忙碌了一年的瑶里人就在这里寻找梦的慰藉：铿锵的锣鼓声中，他们成了脸黑如炭、执法如山的包青天；成了赤面长须、气冲牛斗的关云长；成了女扮男装、从军报国的花木兰；成了风情万种、命途多舛的白娘子。

中厅是族人聚会议事、操办嫁娶喜事的地方。暑往寒来，这里曾送走多少乖巧灵秀的瑶里女儿，她们走出瑶里，就像蒲公英的种子在大山深处的村村寨寨生根发芽，开花结果；这里曾迎来多少蕙质兰心的新娘，走进瑶里，她们就像甘甜清澈的瑶河水，滋润着家里男人恬静的日子，还有屋后漫山遍野的山茶。

与程氏祠堂隔河相望的，是别具风韵的"狮岗胜览"。这是一座中西结合的精美民居，建于清代洋务运动时期。据说屋主是个留过洋、做过官的儒商，茶叶、釉果生意做得很大，受过中西方文化的熏陶。100多年过去了，这座典雅的建筑在时光夕晖的映照下，仍诉说着沧桑：高耸的墙壁如劈削的巨岩；长满苔藓的青瓦如蝴蝶扇动的翅膀；泥土剥蚀的墙壁上，是枪口般漆黑的小窗。"男人走了，去经商或做官，留守家园的妇孺倘若没有坚固的堡垒，羁旅异乡的主人怎能安心？"慕名而来的画家渠君在其笔记中留下了这样的感慨。

天井是"狮岗胜览"之类徽派民居的重要特征。借一方天井，观日月星辰，赏风花雪月，闲谈家事，静读诗书，有"天人合一"之妙。主人视水为财，每当下雨时，雨水就会从四面的斜坡屋顶流入天井院中，蕴藉着"四水归堂"的祈愿。这同厅堂板壁上那些取材于古典戏剧的精美木雕一样,佳趣天成,耐人寻味,蕴藏着无尽的诗意。

瑶里民宅向人们暗示着这方水土古老民风的玄妙。"狮岗胜览"门前悬有"春涵瑞霭笼仁里,日拥祥云护德门"的楹联,细细品读,或许可以找到这扇玄妙之门的钥匙。

巷 陌 市 韵

蹀躞于青石板铺就的徽州古道,徜徉于狭窄曲折的巷陌小街,旅人们的目光不时被道旁民宅客栈与山货小店门前动人的笑容吸引。酒旗风不再,触目皆是电脑喷绘的彩色招牌。这个"鸟语鸡鸣传境外,山光水色入阁中"的山里古镇,已经敞开怀抱笑迎四方来客,不失时机筑巢引凤,招商引资,开辟特色旅游。一些精明的女子催着男人纷纷在自家门前挂出了"农家客栈""土菜饭庄"的牌子。"农家客栈"只有两三间客房,屋后养有土鸡,辟有菜园;厨下水缸里有鱼,游人可吃个新鲜,宿费不过十来元钱。久困都市,饱受水泥森林压抑、汽车尾气与噪声之害的城里人,携家带口来此偷闲几日者不在少数。到天然氧吧呼吸呼吸,过上几天"窗前流水枕前书"的隐者生活,是一种难得的享受。

除了待客吃住游玩之外,镇上的客栈几乎家家都在门前摆了个小摊,出售香菇、木耳、干笋、腌菜等各色山货,乃至产自瑶里、口碑极佳的"得雨活茶"。浮梁的茶叶向来闻名遐迩。"商人重利轻别离,前月浮梁买茶去",在唐代诗人白居易一千多年前留下的诗句中,这位数月不归的茶商背上了重利薄情的名声,却让浮梁的茶叶久负盛名。瑶里人经商重诺守信,货真价实,童叟无欺,客人尽可讨价还价,店主绝不强买强卖;即使价已谈妥,客人又不买了,店主也依旧笑脸盈盈,毫无怨言。这里路不拾遗,夜不闭户,民风之淳朴,令人心情格外舒畅。

2003 年"五一"黄金周期间,一个武汉茶商慕名前来瑶里买茶。生意谈妥后,这位酷爱摄影艺术的茶商被瑶里山水和古朴风情吸引,便在镇上一农家客栈住了两天,将这里的青山碧水、古木飞瀑尽收镜底。因忙于发货,第三天他便匆匆踏上了归途。忙中出乱,到家后,茶商才发现装有名贵数码相机和 5000 多元现金的提包不知是遗失在客栈还是车上。相机丢了,只是损失几千元钱的事,可里面上百张图片是他跋山涉水、费尽心机抓拍到的"得意之作",其价值岂可用金钱来衡量? 正当他为此寝食难安之际,一个甜美的声音通过长途电话传到了他的耳畔:"您遗落在客栈后院里的相机与现金,已按身份证上的住址寄出,请注意查收!"茶商闻讯,喜出望外,正想道谢,女子却挂上了电话。几天后,收到相机和现金的茶商逢人便说:"瑶里的风光美,瑶里的民风更美!"

面对游人如织的街市,一条曾经带给瑶里繁华的徽州古道似乎显得有些冷清。在夏日的蝉鸣中,徘徊于古道怀古探幽的旅人陷入了沉思与缅想。缅想中,载满木竹薪炭从四面八方前来赶集的独轮车的咿呀吟唱沉重而苍凉;载着釉果和瓷器的小船高高扯起白帆,徐徐驶过蜿蜒的瑶河。

瑶水潺潺,岁月潺潺,子在川上曰:逝者如斯夫!

绕 南 碓 韵

瑶里,一个诗意的名字。大山深处,草莽之间,是谁点化出这样一个美妙的诗眼？带着百思不得其解的谜团，在一个骄阳似火的夏日，我们越过绵延的丘陵山地，走进距古镇不远的绕南古瓷博览区。

在绕南，陶坊遍野，窑包遍地，马尾松劈成的窑柴码得高高的；赤裸着古铜色胸膛的瓷工们额角的汗珠，在熊熊窑火的映照下闪耀着珍珠般的光泽；妇人们驮着孩子，拎着盛满米饭和腌菜的竹筒从四面八方的村落赶来送饭，可忙碌的男人手里正端着刚刚出窑的晶莹剔透的碗盘杯盏。

这是1000多年前绕南古龙窑一道动人的风景线。这道风景线在岁月长河远去的涛声中消失了，然而地因物显，这片曾经窑包遍地的土地上便渐渐衍生出了"窑里"这个古镇。后因所产瓷器洁白如玉，当地读书人便改瓷窑之"窑"为琼瑶之"瑶"，意为像玉一样美丽的地方。若干年斗转星移之后，窑里的釉果、窑柴和举世闻名的高岭土便渐渐衍生出一个瓷业发达的景德镇。

沐浴着历史的遗风，怀着朝圣般的虔心，旅人穿过古窑址，走近绕南落寞的水碓房。水碓房的低矮与拙朴，散发着古老而神秘的气息；连成一排的木杠七上八下，起起落落，不知疲倦地跳着粗犷而阳刚的舞蹈。在这粗犷而阳刚的舞蹈中，坚硬的瓷石被春为细粉，加工成釉果后，通过瑶河远销到大山之外的景德镇，成为给瓷器"白净皮肤"的素妆……倏忽间，夕阳衔山，晚风骤起，冥冥中，旅人感觉到岁月的失重与碓声的沉重。在往后的梦里，从此有一种声音会常让旅人辗转反侧——这是绕南的水碓在诉说。

是的，瑶里山地上落寞的水碓，或许是古窑遗风所剩无几的最后存在了。作为春碎瓷土的工具，它在许多地方早已被电动机械取代,那些地方的流水因此变得茫然若失;而在瓷乡之源的绕南,流水依然充满着原始动力。这里最美妙的景观,正是那昼夜不息、宛若天籁的碓声,它使瑶里更具一种象征意味———一种筚路蓝缕的骄傲与荣耀。

任别处古老的碓声成为悠远的民谣,绕南山地空寂无人的水碓房所传出的心跳声,都永远是回荡在旅人梦里的空谷足音……

绕南的水碓啊,你的每一次舂响,都是瓷工们原始生产方式的晚钟;你的存在,必将脱尽岁月的烟尘,成为朝圣瑶里、探寻瓷源者永远的精神追忆……

汪 胡 林 韵

自瑶里北去 13 千米,有个叫汪胡的村落。顾名思义,此地得名源于汪姓与胡姓山民聚居于一村。

汪胡是森林的海洋,置身于其苍莽而密集的原始森林,人们仿佛回到了鸿蒙初辟的远古年代。

在汪胡行走,不出几步,就得避开低垂的青枝绿叶,一不小心便会碰着头、撞着脸,稍不留神便会迷路。银杏、红豆杉、鹅掌楸、厚朴、杜仲……千百种珍稀而名贵的野生植物叫人眼花缭乱、目不暇接。这满山满岭的古木新枝呈现出各种奇异的形状,或如绿伞张开,或似苍龙盘踞,或像猛虎起跳,峥嵘而又森然,营造出一种令人恍若隔世的神秘氛围。

汪胡的山路是美丽的,不规则的岩石铺就了起伏跌宕的路面,与脚下的悬崖、耳边的清泉同呈原始之美。那石级缝隙中钻出的几根纤竹、几丝菖蒲,似国画大师信笔点染的一幅幅小品,淡雅而清新。举目远望,山道拐个弯,又向丛林深处延伸去。这样的景致不断地重复、不断地延续,给人不断的惊喜、不断的期盼。

山中自有千年树,世上难逢百岁人。在汪胡,在幽深晦暗的原始森林,千年古木为数不少,百年大树俯拾即是。在前往高际山观瀑的羊肠小道上,人们不时见到路边的灌木丛里倒卧着早已枯死的巨树,据说它们有的因虫蛀而死,有的被雷电击倒,长眠于山中已三四百年了。难怪它们饱经沧桑的表皮上已生满厚厚的青苔,甚至长出一丛丛色彩斑斓的蘑菇。

在滥伐成风的当今,汪胡的原始森林何以能够保存得如此完好?从当地一个流传甚广的传说中或许可以找到答案。相传在明朝初期,山下梅岭村张姓人家认为这片山林是块风水宝地,遂有意占为己有,而山上汪胡的村民也不甘示弱,于是两村纷争不断,恶性械斗时有发生,最后闹到了县衙。县令是位爱树如命的清官,当即判定两村都不可砍伐此林的一草一木。从此两村相安无事,这片原始森林便得以保存600多年。

是的,没有树木,也便没有阴凉。至今,汪胡人、梅岭人乃至整个瑶里人都信奉"前人栽树,后人乘凉",没有树木的故乡是不完整的故乡!

尾　声

梦一样的河流,梦一样的鱼群,梦一样的老屋,梦一样的碓声,梦一样的巷陌古道,梦一样的巨木丛林……啊,瑶里,梦一样奇幻无疆的山中古镇!或许你本身就是一个梦,一个让人难以释怀的梦……

在美丽面前,任人流连忘返,最终还得离去。洁净的沥青路以一种优雅的残忍将我们带出了大山,充满诱惑的瑶里古镇渐行渐远了,它毕竟只是旅人匆匆行程中遇到的一片风景,在它人迹罕至的丛林深处,一定还藏着人们难以想象的至美神韵。

走自己的路,唱自己的歌,美丽的山水和人一样,一出名便很难保持昔日的安宁,慕名而来者摩肩接踵,也就不会有往日的清纯与恬静了。所以,我们实在不敢对人说出你那不可言传的美丽。但是,无论身在何方,无论时光如何流转,那一幅幅诗意清新的图画中不绝如缕的江南丝竹,永远缭绕在我们的耳际,荡漾在我们的心尖上……

瓷 路 帆 影

陶瓷,泥与火孕育的精灵,既是人类追溯历史记忆的原始符号,又是人类文明对话的"世界语"。

中国是瓷之母国,世界认识中国从瓷器开始。

正如美国学者罗伯特·芬雷在其《青花瓷的故事》一书中所说:"人类物质文化首度步向全球化,也是在中国的主导下展开……在绝大部分的人类历史时光之中,中国的经济都为全世界最先进最发达。"

1

中国陶瓷的对外传播历史悠久。远在汉代,我国就与东南亚、南亚次大陆以及西亚等交通要道沟通,逐步形成了陆上和海上两条贸易往来线路。

唐代中后期,海路逐步取代陆路,成为中外贸易交流的主要通道,这就是横亘古今、连接东西的海上丝绸之路。

在这条逶迤千年的神奇之路上,有一座城市以其悠久的制瓷历史和精湛的制瓷工艺,成为海上丝绸之路重要的商品输出地和起点城市。她,就是蜚声中外的世界瓷都景德镇。

2

景德镇,赣东北一座风景秀丽的历史文化名城,自古以来物华天宝、人杰地灵。其母亲河昌江,发源于古称阊门的安徽省祁门县大洪岭,贯穿景德镇全境,一路逶迤而行,注入中国第一大淡水湖——鄱阳湖。

3

早在汉代,筚路蓝缕的先民们就在这片水土宜陶的土地上伐楮为纸,摘叶为茗,坯土为器,筑窑制陶。

唐代,该地所产青瓷莹缜如玉,有"假玉器"之誉,成为深受皇帝青睐的贡品。

4

宋代,水密隔舱造船技术与指南针的发明,极大地提高了船舶的吨位与远航能力,使中国成为当时最具实力的远洋大国,海上丝绸之路随之日益繁荣,瓷器成为炙手可热的重要商品。

宋真宗景德元年(1004),景德镇因盛产温润如玉的青白瓷而迅速崛起,从此成为以皇帝年号命名的一方雄镇。

时局动荡的南宋,中国经济重心逐渐转移到相对平静的南方,良工巧匠也纷纷南下,一时间,包括景德镇制瓷业在内的南方手工业生产得到迅速发展。也正是此时,景德镇青白瓷开始规模化"行于九域,施及外洋"。

位于景德镇东南湖田村的湖田窑,依山傍水,静谧而安详。然而,在一千多年前的宋代,这里就曾人声鼎沸,窑火通明。这里生产的青白瓷胎薄釉净,远销海外。在其引领下,相关窑场群起而仿之,形成了一个横跨8省的"青白瓷窑系"。

1987 年 8 月,广州救捞局在南海海域作业时,意外发现一艘深埋海底 800 多年的南宋古船,这就是著名的"南海一号"沉船。经过多年发掘,超过 6 万件瓷器重见天日。这些瓷器主要为江西景德镇、浙江龙泉、福建德化等窑系生产,其中以景德镇青白瓷尤为出彩。拂去 800 多年前的污浊泥沙,这些本欲乘着昌江河上的帆船漂洋过海却意外长眠海底的青白瓷,犹如一觉醒来的睡美人,依然那么温润如玉,光彩照人。青白瓷,成为景德镇走向世界的第一张亮丽名片。

5

元朝初年,战事不断,北方地区许多大窑场在战火中逐渐衰落,但地处江南、偏居一隅的景德镇以其熊熊窑火隔断了外界的硝烟,不仅以高岭土的发掘和二元配方的运用开启了人类制瓷历史的新纪元,而且在前人基础上烧制出举世惊艳的元青花,使人类的制瓷历史由素瓷时代步入了彩瓷时代。随着伊斯兰审美文化在中国瓷器生产中的介入,东西方不同文化也开始互鉴互融。

1980 年一个细雨霏霏的日子,景德镇市红光瓷厂基建工人在落马桥厂区施工时,在 1.7 米深的地下意外发现大量古瓷片。闻讯赶来的考古人员立即开展抢救性发掘,发现这是一处横跨元、明、清不同时期的古窑址,是当时景德镇外销瓷生产的重要窑口。

从 11 世纪到 15 世纪,经过两次西征,元朝帝国疆域辽阔,迅速崛起,使欧亚大陆成为一个空前繁荣的商业通道。通过该通道的跨文化交流和商品交换,东半球大部分地区各民族的生活已融为一体。这为中国瓷器走向大发展大繁荣铺就了坦途。而国色尚白的元朝政府设立的浮梁磁局,则进一步确定了景德镇制瓷业的显赫地位。

6

明代,成为中国瓷器对外贸易的重要转折点。在官方朝贡贸易与海上民间贸易并行的市场需求背景下,加上御器厂的设立,景德镇制瓷技艺不断提高,产业规模不断扩大,真正成为"集天下名窑之大成、汇众家技艺之精华"的世界陶瓷制造中心。

1405年,明永乐皇帝朱棣为了威临四海,任命三宝太监郑和率领一支28000人的舰队浩荡出海,开始史无前例的大规模远航行动。从永乐到宣德的28年中,郑和及其舰队在风云际会的海上丝绸之路上往返7次,沿途访问30多个国家和地区。为了宣扬国威,他们将丝绸和瓷器慷慨赠予沿线国家。郑和每一次出航,景德镇都要奉命烧造大批精美瓷器。

永乐皇帝这种利用航海实力和精美瓷器宣扬国威的方式,打破了历代帝王坐等万国来朝的传统政策,开启了主动引领海洋经济和蓝色文明的先河。

在这种时代潮流的激荡下,景德镇瓷业热火朝天,58座官窑之外,民窑星罗棋布、遍地开花,从事瓷业者达10万之众。"陶舍重重倚岸开,舟帆日日蔽江来",正是当时景德镇瓷业空前繁荣的生动写照。

在16世纪,控制了海洋就意味着控制了财富与世界。为取得海洋贸易中的垄断地位,明万历三十年(1602),世界造船业巨头荷兰斥巨资成立了欧洲最大的东印度公司。此后的80年间,这家海洋贸易垄断组织就贩运中国瓷器1600多万件。当时景德镇瓷器对外输出的规模之大可想而知。

1602年一个乌云密布的日子,有"海上马车夫"之称的荷兰在马六甲海峡劫获一艘运载中国瓷器的葡萄牙商船。他们将船上的青花瓷运到阿姆斯特丹进行拍卖,包括法国国王亨利四世、英国国王詹姆斯一世在内的君王贵族闻讯,纷纷前往竞相购买。因为运载这些瓷器的是克拉克商船,所以这些精美的中国瓷器被称为克拉克瓷,后来成为这一时期中国出口瓷的代名词。这些令欧洲君王们如痴如狂的天下美器,就来自遥远的东方小城——景德镇。

观音阁,景德镇近郊一片静谧的山地,明朝开始就是生产克拉克瓷的重要窑口。2007年,考古人员在此发掘古窑址时,意外找到一个写有"海不扬波"字样的青花瓷碟。这个不起眼的瓷碟,却镌刻着明代景德镇瓷器通江达海走向世界的历史印记。

在一千多公里之外的广州市南岗镇庙头村,有座南海神庙。神庙前面,就伫立着一座"海不扬波"牌坊,是古代扬帆出海的先民为祈福还愿而建。观音阁窑址出土的"海不扬波"青花瓷碟与之一脉相承,遥相呼应,正是景德镇明代克拉克瓷远销海外惊艳世界的历史物证。

7

满眼生机转化钧,天工人巧日争新。清代,尤其是康雍乾三世,精益求精的品牌意识和引领天下的市场意识,尤其是御窑厂和督陶官的高位推动,使景德镇制瓷业进入历史鼎盛时期。

18世纪的清朝中期,欧洲人不再满足于中国瓷器传统的装饰风格,有了自己的审美新要求。与时俱进的景德镇人在将传统青花工艺发扬光大的同时,又创新出一系列光彩夺目的彩绘瓷,古彩、粉彩、珐琅彩一时呈争奇斗艳之势,使欧洲人为之倾倒。当订单多的时候,景德镇窑忙不过来,一些瓷商就将景德镇白胎瓷装船经昌江运抵鄱阳湖,再溯赣江、翻越大庾岭,最后经北江运往广州,绘上欧洲人需要的纹饰,以确保交货时间。这种异地加工的外销瓷谓之广彩。万马齐暗的海禁时代,一口通商的广州,是当时景德镇瓷器通往海上丝绸之路的重要通道。广彩瓷的兴起,催生出广州最繁荣的瓷器加工和贸易中心——十三行。

奇幻无疆的海上丝绸之路,既是一条财富之路,也是一条险恶之路。风云莫测的航海环境,催生出景德镇的海神崇拜。长期客居景德镇从事陶瓷贸易的福建商帮,频繁奔走于海上丝绸之路。面对风雨飘摇的海上航路,他们建起了只有沿海城市才常见的天后宫,向海神妈祖祈求庇护。天后宫,成为景德镇作为海上丝绸之路起点城市的地理标志。

但是,在险象环生的海上丝绸之路上,海神有时也显得无能为力。沉船噩梦,还是会突如其来,让人猝不及防。黑石号、华光礁一号、白礁一号、碗礁一号……尽管这些承载着东方文明光荣与梦想的商船先后折戟沉沙,魂归大海,但是人类在海上丝绸之路执着探索的脚步却从未退却。

1745 年 9 月的一天,曾经 3 次远航广州的瑞典东印度公司商船哥德堡号在距离家门口 900 米处触礁沉没,700 吨中国货物全部沉入大海。1984 年,哥德堡号的残骸被偶然发现,考古人员共打捞出 400 多件完整的青花瓷和 9 吨重的瓷器碎片,其中包括不少欧洲人在景德镇定烧的纹章瓷。

以纹章瓷的形式铭记一个欧洲家族乃至王国的徽章，中国瓷器由此成为仰之弥高的精神图腾。

开放包容，意味着发展；闭关锁国，意味着落后。在明、清统治者实行"无许片帆入海，违者立置重典"的海禁政策的年代，景德镇瓷器对外输出受到严重影响，却给师法景德镇的日本伊万里瓷的悄然崛起带来了机会。

康熙二十三年（1684），清政府收复台湾之后，开始解除海禁，恢复对外贸易，此时，欧洲市场已是日本伊万里瓷的天下。不甘人后的景德镇人审时度势，师夷制夷，"村村窑火，户户陶埏"，最终夺回了欧洲市场。面对景德镇瓷业热火朝天的空前盛况，美国诗人朗费罗深感震撼，不禁发出了"俯看全境如焚火，三千炉灶一齐熏"的惊叹。

18世纪以前，美洲人使用的中国瓷器大多从欧洲进口。1784年2月22日，这天是美国总统华盛顿的生日。一向相信运气的美国政府选择这样一个特殊日子派遣中国皇后号商船从纽约出发，前往中国寻找商机。经过历时半年的海上颠簸，中国皇后号抵达广州黄埔港，在此拉开了中美两国直接贸易的历史序幕。

面对应接不暇的精美瓷器，中国皇后号船长欣喜若狂，竟然一次性采购了906担，可谓满载而归。当它回到纽约港，达官贵族们蜂拥而至，争相抢购中国瓷器，仅华盛顿总统一人就买了302件。泥与火铸就的东方瑰宝，再一次让洋人们趋之若鹜、竞相折腰。此后的19世纪，美洲成为中国外销瓷最大的市场。

疯狂需求中大量白银的流失，强烈地刺激了欧洲制瓷人的自尊。为了破解制瓷技艺,他们通过各种途径搜集中国瓷器生产的秘方。1712 年和1722 年,在景德镇"卧底"多年的法国传教士殷弘绪先后寄回两封长信,将中国的制瓷秘诀传到了欧洲;几乎与此同时,被波兰国王奥古斯都二世软禁的炼金术士伯特格尔,经过多年摸索,终于破解了瓷器生产的秘密,促成了迈森瓷器的诞生。不久,欧洲的瓷器生产迅速搭上工业化的快车,把依然停留在手工业阶段的中国瓷业甩到了后头。

8

文明因交流而多彩,因互鉴而丰富。1000 多年的海上丝绸之路,既是一条海洋贸易之路,也是一条文明互鉴之路。伴随着海上丝绸之路上的海雨天风,景德镇外销瓷既普惠天下,也在兼收并蓄中走向成熟。

在中国瓷器进入欧洲以前,西方人的日常器皿以陶器、木器和金属为主,精美的瓷器一传入,就立即受到疯狂追捧。

18 世纪以来,欧洲上流社会的饮食成为一种社交活动,尤其是套装餐具的出现,使餐桌礼仪变得丰富多彩。有欧洲贵族为自己订制的陶瓷餐具,一套竟多达670 多头。可以说,没有中国茶具的出现,咖啡与茶饮等时尚生活在欧洲的流行也不大可能。

在欧洲文艺复兴的夜空中,同样闪烁着东方文明的星光。意大利画家安德烈亚·曼特尼亚的油画《东方三贤士朝圣》中,贤士们献给耶稣的礼物就是来自中国景德镇的青花瓷杯,足见中国瓷器的神圣。

更有意思的是,中国瓷器和欧洲巴洛克艺术的珠联璧合。这种中国瓷器加装铜金装饰的手法，由中国的瓷匠和欧洲的金匠遥隔万里共同完成，成为东西方文化互融共生的杰出典范。

9

鸳鸯绣了从教看，且把金针度与人。制瓷技艺的对外输出，是景德镇在海上丝绸之路上播撒的文明火种。从日本、朝鲜、越南，到土耳其、埃及、伊拉克乃至万里之外的欧洲，这些来自景德镇的文明火种，温暖着千年瓷路上漫漫长夜里摸索前行的步履。

泰山不让土壤，故能成其大；河海不择细流，故能就其深。明清时期，受西方市场反作用力的影响，景德镇瓷器的欧洲审美特点凸显，各种彩瓷珍品应运而生。享誉世界的青花瓷正是伊斯兰宗教文化熏染下开出的瓷苑奇葩。珐琅彩、粉彩、墨彩、洋彩、浅绛彩等瓷器都是这一历史背景下的产物。

而随着丝绸之路输入景德镇的"苏麻离青"，对于提升明代青花瓷的生产起到了重要作用。

开拓创新，是一个民族的灵魂；开放包容，则是一个民族屹立世界的制胜法宝。景德镇之所以能够千年窑火不断，从一座古老的手工业城市发展为"全球创意城市网络"成员和世界"手工艺与民间艺术之都"，并成为联合国教科文组织"陶瓷文化保护与创新"教席的落户城市，体现的正是其矢志不渝的创新精神和海纳百川的云水襟怀。

10

潮平两岸阔，风正一帆悬。历史的车轮碾过岁月的冰霜，迎来了阳光明媚的坦途。景德镇陶瓷产业体系日益完备,制瓷技艺更是一日千里,今非昔比。在建设人类命运共同体的使命召唤下,景德镇人正积极融入"一带一路"建设,秉承丝路精神,赓续千年文脉,以"三陶一区"为主体,"千年古镇、百里风物、国际瓷都、特色魅力"的城市格局正在形成,一个"与世界对话的国际瓷都"呼之欲出。让历史告诉未来,让文化自信之光照亮千年瓷都复兴之路——时代,再一次把景德镇推上了走向世界的大船。在共建"新丝路"的伟丽征途上,在融入经济全球化的汹涌浪潮中,景德镇正高扬起砥砺前行的风帆,朝着世界经济与文化舞台的中心奋力远航。

陶瓷魂　非洲情
——专题片解说词

【配播】瓷器是中华民族的伟大发明。它不仅作为日用品改变了人类的生活方式,还作为文化艺术的重要载体,为支持包容性社会发展,促进包括中国与非洲国家在内的世界各国之间的文化交流和文化表现形式的多样性、促进人类文化遗产保护和传承发挥着重要作用。

【镜头表现】瓷器、窑火、博物馆……

【配播】中非陶瓷文化交流历史源远流长。早在汉唐时期,我们的先人就开辟了著名的"海上陶瓷之路",经中国南海、波斯湾、红海,将精美的中国瓷器运往北非的埃及、东非的肯尼亚和坦桑尼亚等许多国家和地区,为非洲各国送去中华文明智慧之光的同时,也揭开了中非文化交流的序幕。

【镜头表现】海上陶瓷之路、非洲木雕风情……

【配播】新中国成立后,尤其是 21 世纪以来,我国领导人高度重视中非之间的文化交流。2012 年 7 月 19 日至 20 日举行的中非合作论坛第五届部长级会议,通过了旨在全面规划中非关系发展方向和中非合作重点领域的《北京宣言》与《北京行动计划》。国家主席习近平首次出访即走进非洲和国务院总理李克强就任后首次访问非洲,进一步推动了中非文化交流和合作。

【镜头表现】校园风景。

【配播】举世闻名的瓷都景德镇不仅是陶瓷文化的发祥地,还是中国陶瓷业的设计与制造中心、检测与销售中心,世界陶瓷行业的教育与科研中心、文化与信息中心,汇集了世界一流的陶瓷专业人才队伍,构建了在全球范围内最完整的陶瓷产业体系,为世界陶瓷文化交流和产业发展做出了重要贡献。

【镜头表现】校园风景。

【配播】国家发展,教育先行。作为唯一一所景德镇市属本科院校、驰名中外的陶瓷人才培养基地,景德镇学院占地面积 1000 余亩,在校学生近万名,有专职教师 500 余人,其中不乏教授名师和陶瓷大师。学校创办近 40 年来,先后为国内外培养输送了 2 万多名陶瓷专业优秀人才,其中包括国家级陶瓷大师 20 余人,省级陶瓷大师 200 余人,被誉为"陶瓷专业精英的摇篮"。

【镜头表现】校园风景。

【配播】近年来,景德镇学院围绕"办学有特色、区域有地位、本省有影响的应用技术型地方本科院校"的办学目标,确立了"地方性、应用技术型、开放式"的办学定位和"错位发展"的战略思路。学校依托陶瓷文化专业人才济济的优势,充分发挥高等院校的文化传承功能,积极开展对外文化交流活动。为落实《中非合作论坛第五届部长级会议北京宣言》和《北京行动计划》,2012 年以来,在联合国教科文组织的支持与指导下,景德镇学院开展了以"中国、非洲与阿拉伯国家陶瓷艺术与'景德镇学'"交流活动为代表的一系列国际交流活动,加强了中非间在保护陶瓷艺术这一古老"非遗"方面的"南南合作",为全球化背景下广大发展中国家弘扬文化多样性和保护陶艺技术开拓了新的路子。

【镜头表现】校园风景。

【配播】2014 年是中国和坦桑尼亚建交 50 周年,按照中坦两国政府文化交流的框架协定,中坦两国将举行多项文化交流活动。为此,景德镇学院于 2014 年 6 月同中非民间文化使者李松山博士创建的"北京宋庄'非洲小镇'"签订了以建设"中非陶瓷文化艺术非物质文化遗产保护、研究和交流中心"为总体目标的一系列战略合作协议;由双方联合举办旨在展现中国陶瓷与非洲元素魅力的"走进非洲——景德镇学院陶瓷艺术作品展",即其中颇具特色的一项文化交流活动。

【镜头表现】签约相关图片与报道。

【配播】大匠不以璞示人。为了将"走进非洲——景德镇学院陶瓷艺术作品展"办成有助于增强中非文化对话、加深中国和坦桑尼亚两国友谊的具有国际影响力的艺术盛会,景德镇学院领导精心谋划,老中青艺术家们群策群力,全身心地投入到创作之中。在令人难忘 2014 之夏,艺术家们有的拒绝瓷商报酬丰厚的商业合作,有的推迟了同家人外出度假的旅游计划……

【镜头表现】学院相关负责人和艺术系召开筹备会议的情景。

【同期声】刘升辉谈高等院校要有推动国际文化对话与促进文化多样性的责任与担当。

【配播】不经一番寒彻骨,怎得梅花扑鼻香。为了搜寻典型的非洲文化素材,他们整天泡在图书馆里,徜徉在书籍的密林里,忘了饥饿,忘了昼夜;为了探索出中非文化最佳的结合方式,他们埋首于灰尘扑面的作坊,奔走于暑气熏蒸的窑场,顾不上挥汗如雨,蓬头垢面;为了拿出自己的满意作品,有的几易其稿,反复修改,甚至将所费不赀的仅有微小瑕疵的成品砸碎,重新制作完善……

【镜头表现】一组艺术家创作镜头。

【同期声】王安维谈中国陶瓷艺术与非洲雕刻艺术的文化互

鉴与相得益彰。

【配播】春蚕吐丝化蝶舞,老蚌育珠溢灵光。2014 年 9 月 24 日,景德镇学院艺术教育大楼陶艺展厅人头攒动,一片欢欣——"走近非洲——景德镇学院陶瓷艺术作品预展"在这里如期展出。经过严格遴选,100 余件入选作品终于闪亮登场。

【镜头表现】预展全景。

【配播】这些入选作品,有的是对非洲人民劳动情景的再现,有的是对非洲优美的自然风光的描绘,有的是对非洲独特的民俗风情的赞美,有的则是将中国与非洲具有代表性的民族文化元素或创作技艺巧妙地结合在一起,营造出一种全新的艺术效果。这些异彩纷呈的陶瓷艺术作品尽管器型与画面不同,工艺特色和表现手法各异,但在促进中非文化交流、增加中坦两国人民相互了解、加深中坦传统友谊等方面,却表达着同样美好的心愿,奏响了共同的和弦。

【镜头表现】部分作品特写。

【配播】这些精美绝伦的作品,充分展示了景德镇学院艺术创作的整体实力,展示了景德镇陶瓷的材质美、工艺美和装饰美。此次预展不仅吸引了本校数以千计的学生前来参观,一些陶瓷艺术家和兄弟院校的师生也闻讯赶来,分享这洋溢着浓郁异国风情的陶瓷艺术大餐。面对一件件异彩纷呈的陶艺佳作,人们或驻足凝神,或啧啧称奇,流连忘返,久久不愿离去。

【镜头表现】络绎不绝的学生。

【同期声】艺术家代表程幸谈中非艺术的包容性与互补性。

【配播】10 月下旬,中坦两国建交 50 周年庆典举行之际,入选预展的优秀作品将作为寄托着中国人民对坦桑尼亚朋友深情厚谊的独特献礼运抵北京,在宋庄"非洲小镇"参加"走进非洲——景德镇学院陶瓷艺术作品展",向国内外嘉宾展示中华民族传统文化与非洲文化元素相结合、由泥与火孕育的艺术结晶。这场令人瞩目的陶瓷文化盛宴,对于日益频繁的中外文化交流而言,迈出的也许仅是一小步;对于景德镇学院实现立足民族文化沃土而展开的开放性办学发展战略而言,迈出的却是坚实的一大步。

【镜头表现】北京宋庄资料镜头。

【同期声】景德镇学院领导谈"走进非洲——景德镇学院陶瓷艺术作品展"对于地方高校促进支持包容性社会发展,促进文化间对话、文化和睦及文化表现形式多样性的示范作用,展望地方高校以国际化视野开放式办学与推进发展中国家文化交流的美好前景……